一年六班的秘密基地

謝俊偉◎著

封面插圖◎埃西歐

視力檢查
冠軍

作者序言

上小學了！

很多家庭都把小朋友上小學的這一天，當成小朋友長大的那一天。

很多人長大了，都會有屬於自己的祕密。

你是否和《一年六班的祕密基地》裡的同學一樣，在學校也有一個祕密基地呢？這個只有同學們彼此知道，老師卻不知道的祕密基地。

在《一年六班的祕密基地》裡頭，我最喜歡的是那隻叫做阿寶的老鼠。

全班因為一起養著這隻老鼠，感情變得更好。

這隻「班寶」阿寶，也是屬於我自己的故事。

只是當時阿寶是我大學時候，養在寢室的一隻寵物老鼠。

我們整個寢室共同養著這隻老鼠，多年之後，大家一起聚餐時，總還會提到這隻阿寶的一些趣事。

阿寶就在我們的心裡，在那裡不停的閃亮著。

相信看到這個一年六班裡頭的許多人物，也會讓你想起屬於你自己的班級。

這些人或許來來去去，但是他們的確已經停留在你的心裡。

在你的心裡不斷的閃亮著。

就讓我們一起跟著一年六班的小朋友們開學吧！也把心裡那許多閃亮的人物給找出來吧！

目次

人物介紹

周炳昌：是個非常調皮搗蛋的小男生，他在讀幼稚園時，就是老師頭痛的人物。上了一整年的幼稚園大班，注音符號的前五個還是記不住。每天都在編派理由、動腦筋不去學校、不做功課。上了小學之後，由於校長的理解，以及學校老師的協助，還有同學們之間的情誼，他才慢慢開始喜歡上學。

李琇琇：善良但家裡貧窮的小女孩，喜歡接觸小動物，偷偷養著一隻老鼠阿寶，有著很善良的心，是個爛好人，常常被欺負、內心有些自卑。剛開始會因為沒有飯吃，害怕同學知道她家非常貧窮，也害怕自己跟不上其他同學的求學進度，而躲起來不到一年六班。

劉惠敏：愛讀書，總是看別人不順眼，連養的寵物豬都看起來一付趾高氣昂的模樣。有著簡單俏麗的短髮，看似很兇狠，其實內心是很想交朋友的小朋友。因為家中要求她都要考第一名，所以她不太敢和別人交朋友，一心一意都在讀書。

校長：看起來很像工友的校長，對於學生的意見比老師的意見更加重視，由於自己以前也很不愛讀書，他覺得不愛讀書的小孩其實是正常的，所以才需要教育。對於討厭上課的學生總多了一份包容，也相信他們有他們的好。

郭老師：一年六班級任老師郭玉珠，是個非常有愛心的老師，娘家和夫家都是大地主，每天開著一輛賓士轎車來上班。對於家境比較不好的同學會特別偏袒，導致其他同學和家長的抗議。

老鼠阿寶：原本被飼主連籠子一起棄養，快餓死時，又被小女孩李琇琇撿到，帶回家飼養。連自己都快沒飯吃的琇琇，後來得到一年六班同學的幫助，讓阿寶有了寵物鼠飼料可以吃，阿寶也成為一年六班同學之間維繫情感的班寶。

01 阿公、爸爸都讀這一間

這一天，是周炳昌第一天上小學的日子。一大早，周炳昌全家就處在「備戰狀態」。

「炳昌的書包呢？」阿嬤大吼的問著。

「在這、在這……」媽媽急急忙忙的提了出來。

「還有水壺呢？」阿嬤焦急的再問。

「好了、好了，裝好了！」爸爸從廚房跑了出來，手上提了一個黃色的水壺。

阿公則是在客廳不斷的在鏡子前面端詳著自己。

「阿嬤，妳看，我穿這套西裝好不好？」阿公問著阿嬤。

「你在做什麼啊？是炳昌要去上小學，又不是你！你穿那麼好做什麼啊？」阿嬤急呼呼的、氣喘吁吁的說著。

「我當然要穿好一點啊！我的寶貝孫今天第一天上學，這也是我的母校耶！」阿公解釋著。

「也是我的母校！」爸爸也到阿公面前舉起手來敬禮，正經的說道：「學長好！」

阿公也正經八百的回禮。

這個時候，阿嬤在祖宗牌位前開始燒香拜拜。

她拉著媳婦，手上撚著香，嘴裡唸唸有詞的說道：「周家的列祖列宗，我們炳昌要上小學了，周家的祖宗們一定要保佑這個孩子，健健康康的長大，快快樂樂的上學。」

「炳昌的媽媽，妳也跟祖宗說說話，不要什麼話都不說像個悶葫蘆一樣！一定要懇求列祖列宗保佑我們炳昌！」阿嬤對媳婦耳提面命，並且招手要自己的先生、兒子也來拜一下。

「媽，到學校快遲到！別拜了！」炳昌的爸爸要阿嬤別忙著拜，趕緊出門比較要緊。

「那怎麼行呢？炳昌上小學可是大事，一定要跟列祖列宗稟報才是！」阿嬤堅持著。

結果這一群大人為了要不要拜拜爭執了起來。

突然，阿公想了起來，問了一句：

「那……炳昌呢？」

大家忙了老半天，突然發現第一男主角周炳昌並沒有出現！

「那孩子跑到哪裡去了啊？」阿嬤急得像熱鍋上的螞蟻。

「剛剛就把他從床上挖起來了！明明坐在沙發上啊！」媽媽不解的說著。

「再找找！今天最重要的就是他這位少爺啊！」阿公也脫掉西裝外套，忙著找起炳昌。

「炳昌啊！你怎麼還在這裡啊？」房子裡傳來媽媽的驚呼聲。

原來，媽媽在炳昌的床上，發現炳昌從客廳又回到房間去睡回籠覺。

「大家都在為你上學忙著，你倒好，回到床上繼續睡！」媽媽氣得徒手打了一下炳昌的屁股。

「好了、好了，找到就好了！別罵他了啦！」後面跟著來的阿嬤，捨不得的拉了一下媽媽。

一群人又急呼呼的把炳昌拉到客廳，幫他把書包背好、水壺掛好，一行人浩浩蕩蕩的走出家門。

「寶貝啊！今天第一天上課，去學校要聽老師的話喔！」阿嬤叮嚀著炳昌。

「嗯……」炳昌沒好氣的應著。

「你不要像讀幼稚園一樣喔！一天到晚想辦法回家！」媽媽有點火氣的說著炳昌。

原來炳昌在讀幼稚園的時候，總是謊稱肚子痛、或是身體不舒服，要家人來學校把他給接回家去。

「上小學了，可別再搞這種莫名其妙的事情，你別想我會再到學校去把你接回來喔！」媽媽耳提面命的「告知」炳昌。

「是啊！上小學跟上幼稚園是不一樣的，你要乖一點喔！」這回連阿嬤都不袒護炳昌，要炳昌好好上學。

「好啦！好啦！知道了啦！」炳昌不耐煩的回答著。

「炳昌長大了，一定會好好的去上小學，跟他的阿公和爸爸一樣……」阿公打包票的說著。

阿公還開始唱起這間小學的校歌，爸爸也跟著唱了起來，兩個人唱到忘我的程度，還互相搭著肩，志氣高昂的唱著。

全家人看到這個場面都笑得非常開心，只有……

炳昌滿臉置身事外、完全提不起勁來的模樣。

「炳昌，身體不舒服嗎？怎麼好像很沒勁的樣子？」爸爸察覺到炳昌並沒有很開心，仔細的問了起來。

炳昌悶不吭聲。

阿嬤在一旁答了起來：「可能昨天晚上想到要上小學，沒有睡好！」

「那我們就出發囉！」阿公好像比賽賽跑的鳴槍員，看著牆上的時鐘，催促著大家趕快到學校去了。

這一路上，有不少認識的鄰居，都跟炳昌一家人恭喜著。

「哎喲，炳昌都已經要讀小學了，時間過得真快啊！」

「想到他以前還這麼一點點大，轉眼間都已經要上小學囉！」

炳昌一家人跟絡繹不絕的鄰居寒暄著，興奮莫名，也只有炳昌一個人異常的冷靜。

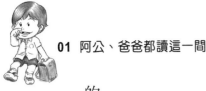

「炳昌啊！你今天會拿到課本，晚一點回家，阿公會幫你做書套，讓你的課本成為全班最漂亮的課本喔！」阿公這樣跟炳昌說道。

因為阿公受過日式教育，日本人有他們的書套文化，書和課本都要包得漂漂亮亮的。

「是啊！爸爸以前讀書的時候，都是阿公幫我把書包得非常漂亮，連導師都會把我的課本拿去看上好久呢！」爸爸也這樣說。

「喔！」炳昌還是很沒精神的回答著。

「我啊！只求炳昌乖乖的每天去上學，每天該做的功課都好好的寫完，沒別的要求，這樣就好了！」媽媽說道。

「會啦、會啦！我們炳昌上小學就長大了，一定會好好上學、寫功課的！」阿嬤還是為著寶貝孫說話。

這麼一大群人浩浩蕩蕩的走到炳昌就讀的小學門口。

炳昌突然轉過來對著家人說：「送我到這裡就好了！」

02

「老師，有人便便了！」

大家都很驚訝炳昌的說法。

阿嬤非常著急的說：「那怎麼行啊！今天是開學的第一天，每個同學的家人都會陪他們到教室去，你一個人去，那怎麼好呢？」

「是啊、是啊！」

「你看，阿公還穿了西裝來，就是要去教室看看你的導師！」

「你又在搞什麼花樣了？」

「我們都送到校門口了，怎麼可以不進去班上呢？」

這一大家子就在學校大門口，你一言、我一語的說了起來。

「我不管，你們送到這裡就可以了！我要自己一個人去班上，我已經長大了啦！」炳昌還是堅持著要一個人進到班上。

「你這孩子真的是喔……」媽媽又有點火氣上來了。

「好啦、好啦！我們都說他上小學長大了，他要自己一個人去教室，這樣真的是長大了啊！」阿嬤總是順著炳昌的意思。

「早知道我就不穿西裝了！」阿公囁嚅著說道。

「西裝不是重點啦！老頭！」阿嬤瞪了一下阿公。

炳昌什麼話都沒說，就站在校門口。

「好吧！那我們在這裡，看你走進學校，我們再回家好了。」爸爸這樣說道。

炳昌點點頭，然後頭也不回的走進學校。

走到學校川堂的時候，他還回過頭跟家人招了招手，然後回過頭來繼續轉彎到教室的路上。

這時候，炳昌的臉上露出得意的笑容。

炳昌一個人走到一年六班的教室門口。

他的臉色跟剛才來的路上的樣子，簡直有如天壤之別。

炳昌揹著書包、水壺，一副局外人的模樣看著教室裡面。

由於是第一天上學，一堆家長擠在教室裡頭，顯得教室特別的擁擠、吵鬧。

這個時候，教室裡頭突然傳來女生的聲音：「老師，有人便便了！」

「好臭喔！」旁邊也有家長和學生附和著。

有個小男生不好意思的說：「是我拉便便在椅子上了！」

「啊！」然後教室裡頭掀起一片驚呼聲。

就看到有家長馬上拖著那個小男生走了出去，然後掛著級任老師郭老師名牌的人，趕緊把那個小男生的椅子拿到教室外的水槽。

本來已經夠亂的教室，現在看起來更亂了。

炳昌看了看這個場面，嘴巴上唸了一句：「幼稚！」

然後炳昌並沒有走進教室，反而往操場的方向走去。

「白痴才去教室上課呢！」炳昌邊走邊這樣說著。

他開始在學校裡頭逛了起來。

他站在某一班的門口，看著外面的布告欄掛著同學的畫。

看起來很像是每個同學在畫自己的自畫像，炳昌一張張的端詳著。

「小朋友，你是今天第一天上學嗎？」有一個看起來很像老師的人，看到炳昌，這樣問起他來。

炳昌雖然很不想理她，但是她都直盯著自己問，炳昌也只好點了點頭。

「你是不是找不到教室，你是幾年幾班的學生啊？」老師繼續問著炳昌。

「一年六班。」炳昌回答著。

「那你要往前走，你走到反方向了。」老師指著後面的教室熱心的跟炳昌說明道。

炳昌又點了點頭，並且往後面的路上走了回去。

走到一年六班的教室門口，剛剛那位拉大便的男生，正在水槽前面自己刷著自己的椅子。

炳昌看了自己都覺得好笑。

笑完後，炳昌在教室前面九十度的轉彎，彎到走廊外面的水泥路上。

看起來這個水泥路是往操場的方向走去。

炳昌就優游自在的走了過去。

他看到後門並沒有人在那裡，而且門也是開開的。

炳昌往後門外面一看，發現那裡有很多的店面。

「去溜達溜達好了！」炳昌這樣自言自語著。

他在那些店面「抽」籤、兌換東西，結果都沒有「抽」到好的。

「真是的，都抽到爛貨！看來學校這裡真的也都沒有什麼好玩的！跟幼稚園一樣無聊！」炳昌罵了幾聲。

這個時候有個麵店的老闆娘探出頭來問說：「同學，你怎麼現在還在這裡呢？不是應該進到學校去了嗎？」

「同學，你看起來應該只有小學一年級喔！」

「這麼小就已經不喜歡上學？」

「這樣不行喔！」

這裡的店家和攤販們開始「訓勉」起炳昌。

「來！阿姨帶你到學校上課去。」麵店的老闆娘熱心的要牽著炳昌，從後門進到學校內。

「沒有、沒有，我要去上學，馬上就進去了。阿姨，我自己去上學就好！不用麻煩妳了！」炳昌嚇得自己乖乖走進校門內。

「真是的，逃都逃不出去！」炳昌自己一個人「怨歎」著。

炳昌心想：「那只好在學校裡頭逛了，看有什麼好玩的。」

炳昌一面晃，一面又要躲著不被其他的老師、同學看到。

走著、走著，有棟房子引起了他的注意。

操場的旁邊，有一棟三層樓的建築物在那裡。

不過看起來不像教室，就是一個很舊的、獨立的小樓房矗立在操場旁邊。

「先去那裡看看好了！」看到這棟樓房，炳昌的好奇心被挑了起來。

因為這棟樓房，感覺不像是學校裡頭的建築，這讓炳昌更想一探究竟。

走到這棟舊房子的前面，炳昌才發現，他一定要從樓房一樓的大門口才進得去這棟建築物。

但是大門口的門把上有一個看起來很老式的鎖掛在上頭。

炳昌上前去，轉了轉那個鎖。

「竟然沒鎖！」炳昌非常驚訝於那個建築物的鎖，居然沒有實際的作用，只是掛在上頭而已。

炳昌就順勢推了門進去了。

「有人在嗎？」炳昌問著。

但是當他這樣一開口時，他就覺得自己白問了。

因為這裡看起來很像是倉庫，到處擺滿了東西，特別是舊的、壞掉了的課桌椅和打掃用具。

「吱吱……」樓房裡的某個角落，傳來老鼠的聲音。

03 不愛讀書的阿伯

在這種舊房間會有老鼠，是一點也不稀奇。

但是老鼠的聲音，還伴隨著滾輪的轉動聲，這點讓炳昌覺得非常奇怪。

「有人把老鼠養在這裡嗎？」炳昌狐疑著。

於是炳昌循著這個聲音，往樓房裡頭走去。

「好像是從二樓傳來的。」炳昌分辨著這個聲音，順著樓梯往二樓走。

在一個房間的正中間，果然……

有一個老鼠籠子在裡面。

籠子裡的老鼠在那裡賣力的跑著滾輪，一看就知道是有人養的寵物鼠、不是野生的老鼠。

「怎麼會有這隻小東西在這裡啊？」炳昌好奇了起來。

「你怎麼了？」炳昌問著那隻小老鼠。

因為老鼠一直抓著自己的臉，看起來都快抓花了。

而且老鼠的籠子裡頭，看起來還掉了一堆毛。

「你生病了嗎？」炳昌桀驁不馴的臉上，頓時溫柔了起來。

小老鼠只是焦躁的繼續在滾輪跑動著。

「還是餓了呢？」炳昌問著。

炳昌想起來，媽媽早上好像有包了一個飯糰放在他的書包裡。

他把那個飯糰趕緊找了出來。

「果然有我最不喜歡吃的胡蘿蔔！」炳昌自言自語道。

由於胡蘿蔔都被媽媽切成丁狀，炳昌就一小塊、一小塊的找了出來，餵給小老鼠吃。

小老鼠可能是有東西吃了，也就比較沒空抓自己的臉。

「啊！你真的是有點餓了！」炳昌跟小老鼠說著話。

「是誰把你放在這裡呀？」炳昌問著老鼠。

老鼠沒東西吃了，就繼續抓著臉。

「不要抓、不要抓，再給你一塊胡蘿蔔，你放心，胡蘿蔔很多，我媽最愛塞胡蘿蔔給我吃了，她說吃胡蘿蔔對眼睛好。媽媽不會放過我的，所以會有很多，你可以慢慢吃喔！」

看著小老鼠認真的吃著胡蘿蔔，炳昌欣慰的笑著，並且抓起飯糰也餵了自己幾口。

這個時候，樓下傳來大門關上的聲音。

「有人來了！」炳昌心裡一驚。

「是你的主人來了嗎？」炳昌問著老鼠。

老鼠當然沒有辦法回答，炳昌自己就躲在一個角落裡，想說觀察一下再說。

那個腳步聲從樓下走樓梯上來二樓。

炳昌原本並不覺得怎麼樣。

但是隨著腳步聲愈來愈接近，他的心跳也愈來愈快。

小老鼠好像也知道有人來了，牠也在籠子裡頭焦躁不安的跑著。

炳昌繼續躲在角落觀察著。

卻看見有個男人走進房間來、在老鼠籠子前面仔細察看著。

炳昌從躲著的角落，仔細觀察這位「阿伯」。

就在這個時候，阿伯突然講話了：「有誰躲在這裡嗎？請出來好嗎？」

炳昌嚇了一大跳，但還是乖乖的站了出來。

「你為什麼知道這裡有人啊？」炳昌好奇的問著。

「因為我摸了摸這個椅子，還熱熱的，可見剛剛才有人坐過，所以我想這個人一定是聽到有人進來的聲音，才躲了起來。」這位「阿伯」解釋著。

「小朋友，你怎麼會在這裡，這隻老鼠是你的嗎？」阿伯問道。

「不是，老鼠不是我的，我來的時候，牠就已經待在這裡了。」炳昌答道。

阿伯笑著問炳昌：「那你還沒有回答我，為什麼你會待在這裡啊！」

「就是不喜歡上學，就躲到這裡來，這有什麼好問的啊！」炳昌沒好氣的回答著。

「哈哈哈……」沒想到炳昌的回答，讓阿伯大笑了起來。

「你笑什麼笑啊？」炳昌覺得這個阿伯真是有夠怪的了。

「我是笑說，我等了這麼久，今天我才發現有人跟我一樣呢！」阿伯說道。

「你也不喜歡上學喔！」炳昌張大眼睛問著阿伯。

「是啊！非常不喜歡呢！我在這個學校每年新生報到的這一天，都會來這裡看看，有沒有人跟我當年一樣，開學的第一天就躲到這裡來，終於讓我等到你了！」阿伯笑著說道。

炳昌看著阿伯的裝扮，他穿著的非常隨意，脖子上還掛著一個望遠鏡。炳昌不禁問道：「阿伯，你在這裡工作嗎？」

阿伯點點頭說：「是啊！我是在這裡工作。」

「當工友嗎？」炳昌問著，因為阿伯看起來滿身大汗，感覺很像剛剛去搬什麼東西、跑來跑去一樣。

「是啊、是啊！我的工作內容就像工友一樣，你說得一點也沒有錯。」阿伯得意的點點頭。

「整個學校的環境都要你打掃的喔？」炳昌好奇的問著。

「是啊、是啊！整間學校的清潔，大概我最注意了！」阿伯點了點頭。

「那很累耶！」炳昌看著阿伯，覺得他真的很可憐。他想自己光是要整理自己的房間，都頭痛得要命，阿伯還要整理全校。

「是真的有點累。」阿伯也同意炳昌的看法。

「阿伯，你真的很特別，我媽媽也常常說她是我們家的女工，我爸說他是我們家的工友！」炳昌說道。

「真的嗎？你爸爸媽媽也這樣說嗎？」阿伯笑著問炳昌。

「是啊！可是他們這麼說的時候都好生氣！可是阿伯你說你是工友的時候卻很快樂！真的很不一樣。」炳昌回答道。

這一大一小的兩個人，就這麼沒有代溝的閒話家常起來。

04 小老鼠的主人來了？

「阿伯覺得可以當學校的工友真的很幸福啊！只要能把學校弄得更好，阿伯都覺得很願意去做。」

「阿伯，你也跟我爸爸媽媽這樣說，好嗎？要不然，他們每次整理我房間時，都好生氣！」

「怎麼講？」阿伯繼續問炳昌。

「我媽每次幫我整理我的房間時，都氣著說，我真的是你的女工，你每次把房間弄得這麼髒、這麼亂，我就要來整理，是我欠你的，是不是？」炳昌學著媽媽講話的語氣。

炳昌還將媽媽氣急敗壞、比手畫腳的模樣模仿給阿伯看。

「阿伯，你小時候來這裡讀書，就有這棟房子嗎？」炳昌問著。

「是啊！這棟房子從日治時代就有了喔！本來是住家，後來政府把這塊地規劃成學校用地後，原本的屋主就把它捐給學校了。學校也沒經費能改建，久而久之就變成儲藏室了。」阿伯解釋著。

「你以前上學的第一天也跟我一樣，躲在這裡喔？」炳昌不可置信的問道。

「是啊！我覺得很奇怪，為什麼大家都會乖乖的去上學呢？」阿伯說著。

「是啊！我也一樣，我也覺得很奇怪，不喜歡上學才是正常的啊！」阿伯說的話好像說進了炳昌的心坎裡，讓炳昌猛點頭稱是。

「你也跟我一樣，從幼稚園就不喜歡上學嗎？」炳昌好奇的問著阿伯。

「沒有，我那時候並沒有幼稚園。」阿伯回答道。

「好好喔！沒有幼稚園真好。」炳昌羨慕的說著。

「阿伯，你知道嗎？以前讀幼稚園的時候，為了不去上學，我每天都要編出很多理由，煩都煩死了！」炳昌這麼跟阿伯說。

「哈哈哈！我以前也是！」阿伯大笑著說。

「阿伯！我想先問你，你知不知道這隻小老鼠為什麼一直抓臉呢？」炳昌有點急的問著阿伯。

「讓我看看喔！」阿伯蹲了下來，看看放在舊桌子上的小老鼠。

「你看看！老鼠還一直脫毛呢！」阿伯看著老鼠，眉毛都皺了起來。

「是啊！臉都快被牠自己抓花了，還一直脫毛，要不要帶他去看看醫生啊！」炳昌擔心的說道。

「應該是因為天氣熱的緣故，這些年也是很怪，都九月了，還熱成這個樣子，小老鼠可能不太能適應，才會這副模樣。」阿伯認真的解釋著。

「雖然不是我養的老鼠，但是看牠這個樣子，我也滿難過的啊！」炳昌說著這些，眼睛還直直的盯著老鼠。

「你有養寵物嗎？」阿伯問道。

「沒有，但是很想養，可是媽媽不准我養。」炳昌沮喪的說。

「為什麼媽媽不准你養啊？」

「媽媽說我要會注音符號了，她才准我養寵物。可是，我上幼稚園大班上了一年，連前五個注音符號都還學不會。」

「我國中畢業的時候，連二十六個英文字母都還不會呢！你這算小意思啦！」阿伯說到自己的糗事，笑得比誰都大聲。

炳昌聽到這裡，也跟著大笑起來，心裡也覺得放鬆不少。

「原來有人比我爛！」炳昌心裡這樣想著。

「你剛才有餵老鼠吃一些東西，是嗎？」

「是啊！餵牠吃了一些胡蘿蔔，因為我很不喜歡吃胡蘿蔔，正好給牠吃。」炳昌笑著說。

「那你等我一下，我應該還有些老鼠飼料，可以給牠吃。」阿伯準備走出去拿飼料來。

但是他突然折了回來問著炳昌：「你是哪一班的學生啊？叫什麼名字呢？」

「你要去告訴老師，我在這裡嗎？讓老師來抓我回教室喔？」炳昌緊張的問著阿伯。

「不會啦！你知道我以前也很討厭上學，所以我不會做這種事的啦！」阿伯搖搖手這樣說。

「那打勾勾！」炳昌伸出手來，做勢要跟阿伯打勾勾。

「一言既出，駟馬難追。」阿伯打勾勾時還這麼說道。

「好吧！那我跟你說，我是一年六班的周炳昌。工友阿伯，你真的不可以去跟老師說我在這裡喔！」炳昌還是不忘記再提醒一下阿伯。

「好啦！阿伯對小朋友最守信用了！」阿伯拍了拍胸口。

「那你稍微等我一下子喔！」阿伯跟炳昌說道。

過了一會兒，阿伯果然回來了。

手上拿了一包「穀物」。

「小老鼠吃這個喔？」炳昌問道。

「是啊！這是寵物鼠的飼料，都是些五穀雜糧。」阿伯回答道。

「那我們平常吃的五穀雜糧可以給牠吃嗎？」

「不行耶！要曬過才行喔！」

「那胡蘿蔔不行嗎？我有看人家餵過。」炳昌問著。

「可以是可以，小塊的蔬菜、胡蘿蔔是還好，但是還是餵這種五穀雜糧比較好、也比較營養。」阿伯回答道。

這個時候，樓下又傳來了大門打開、關上的聲音。

這回，可能有阿伯在的原因，炳昌一點也沒有需要躲的想法。

「可能是小老鼠的主人來了吧！」炳昌小小聲的跟阿伯說道。

阿伯做出一個「噓」的手勢，要炳昌不要發出聲音。

大門傳來打開又關上的聲音，樓下也有腳步聲慢慢接近的聲音。

這時候，大門外又傳來了一個小女孩的聲音：「劉惠敏，郭老師在對我們招手，我們趕快回去吧！」

「喔！好的，李琇琇，那我馬上出來。可是真的不在這裡找找看，周炳昌有沒有在這裡嗎？」

從這段短短的談話，聽得出來，在門外的是李琇琇同學，而樓下屋內的則是劉惠敏同學。

05 阿伯的故事

「我們先回去好了！老師一直對我們招手，可能是已經找到周炳昌同學了吧！」門外的李琇琇說道。

「好！那我們趕緊回去！周炳昌從幼稚園的時候就是這樣，他很不喜歡上學，所以他沒進教室，一點都不稀奇。」屋內的劉惠敏說著。

兩個小女孩的腳步聲愈走愈遠。

但是還陸陸續續聽得見他們兩個的對話。

「周炳昌同學為什麼不喜歡上學呢？」

「誰知道？只有他自己知道吧！」

「好好喔！我都沒有上過幼稚園。」

「為什麼啊？」

「我媽媽說要省錢，就沒有讓我上幼稚園，媽媽說上幼稚園都在玩而已，所以可以不用去。」

「不會啊！也有學注音符號和英文。」

「那你們都很厲害了吧！」聽得出來沒上幼稚園的是李琇琇。

「也沒有，像周炳昌連注音符號前五個都不會，上幼稚園也沒有用！」而現在正在解釋周炳昌行為的就是劉惠敏。

周炳昌聽到這裡，忍不住罵了一聲：「八婆，女生就是這樣，喜歡說別人壞話！我不會注音符號關她什麼事啊？」

「你跟那個女生同一間幼稚園嗎？」阿伯問道。

「是啊！那個女生就是劉惠敏，驕傲又沒人緣的劉惠敏就是她了！」周炳昌沒好臉色的說著。

「看起來你們班上的同學都忙著在找你喔！」阿伯說道。

「找就找啊！那也不關我的事情，幼稚的女生，哼！」這個年紀的男生對於異性總是喜歡在言語上「否定」她們。

周炳昌一屁股坐到椅子上，然後把小老鼠從籠子裡頭抓了出來，放在他的手上撫摸著。

「我以前也跟你一樣，都是這樣想事情的。」阿伯也跟著炳昌一屁股坐在地板上。

「阿伯，後來你有變得喜歡上學嗎？」炳昌問道。

「有喔！你可不要小看我！」阿伯笑道。

「為什麼啊？為什麼你會變得喜歡上學呢？」炳昌好奇的問阿伯。

「那也很晚了！是到了我讀五專的時候……」阿伯說道。

「這麼晚才喜歡上學喔！那我可以慢慢來！」炳昌高興的說道，他又露出他不是最差的那個、那種賊賊的笑容。

「是啊！阿伯是很晚才喜歡上學的。有一次，我媽媽來到我讀的五專……」阿伯說起很久以前的事情。

「那時候的我，一天到晚處在被退學的邊緣，每天都不想上學，也因為這樣幾乎天天遲到，功課也不寫，到學校就是來睡覺。有一天，我的導師就找我媽媽來學校談談……」

「以前我幼稚園的老師也會找我媽媽到學校談談，媽媽和老師在一起最可怕了！都在說我的壞話！」炳昌用一種「過來人」的語氣跟阿伯這樣子說，看著阿伯的眼神也充滿了同情。

「是啊！我也是這樣子想的。」阿伯點了點頭。

「那一天，我看到媽媽瘦弱、卑微的身軀，一直的在跟老師對不起……」阿伯說到這裡，聲音已經有點哽咽，拿出口袋裡的手帕來擦眼淚。

「媽媽跟老師說不好意思，我的孩子這麼難教，一定給學校帶來許多的麻煩！」阿伯繼續說道。

炳昌看著阿伯，他覺得阿伯講到這裡，好像隨時都會大哭起來一樣。

這讓炳昌有點不知如何是好，他很想逗阿伯開心，只好跟阿伯扯別的事情。

「跟我媽媽一樣，我媽媽也這樣跟幼稚園的老師說。」炳昌嘟著嘴說，一臉很倒楣的模樣。

「可能是媽媽的樣子很瘦弱，老師看著媽媽一直跟她對不起都有點於心不忍，就拍了拍媽媽的肩膀跟她說，其實孩子的本質不壞，在路上看到老師都會很有禮貌的打招呼，對於小動物、環境不好的同學也都會伸手幫助，是個很有義氣的孩子，我還滿喜歡他的……」

「哇！」聽到阿伯說起這些，炳昌都覺得阿伯的老師好特別，不是找阿伯的媽媽來學校吐苦水。

「你的老師跟我的幼稚園老師都不一樣耶！」炳昌驚訝到嘴巴都變成英文字母○的形狀。

「是啊！連媽媽都一下子反應不過來，停頓了一會兒就開始在老師的面前大哭了起來……」阿伯說到這裡，又拿起手帕擦了擦眼睛。

「媽媽邊哭邊說，老師，謝謝妳，我兒子從讀書到現在，妳是第一個稱讚他的老師，謝謝妳啊……」

「你媽媽從一直對不起，然後又一直說謝謝喔！」炳昌很難想像自己的媽媽會這樣，因為媽媽總是和老師聯手，一直數落自己的不是。

「是啊！老師看媽媽這樣都有點不知所措了起來，她繼續跟媽媽說著，其實這孩子很聰明，只是容易受外界的影響，所以沒辦法專心，只要能夠克服這一點，這個孩子還是很有希望的！」

「那你媽媽聽到這樣，有沒有哭得更兇啊？如果我的老師跟我媽媽說這樣，我媽媽應該會跪下來吧！」炳昌嘻皮笑臉的說道。

「有啊！媽媽那天就從學校一路哭回家去，我也從那一天開始，決定要好好的上學，不要讓媽媽和老師失望！」

「哇！好棒喔！給你拍拍手！」炳昌真的站在椅子上，為阿伯鼓掌。

炳昌覺得阿伯這個故事真的相當精彩。

06 你是誰？

「是啊！那一天看到媽媽這麼一直哭，我真的覺得很對不起她。」阿伯不好意思的繼續說道。

阿伯回想著說：「老師的一句話就可以影響學生和家長這麼多，這也是我後來想到學校來服務的原因！」

「對耶！當學校的工友也可以跟很多學生講話……」炳昌邊說邊點點頭。

阿伯也笑說：「是啊、是啊！」

這個時候，樓梯傳來了腳步聲。

就在阿伯和炳昌說得正起勁的時候，他們沒有聽到有人從樓下開門進來的聲音。

有一個微弱的腳步聲從樓梯口傳了上來。

一個小女孩從樓梯口的方向探了探頭。

「妳是誰啊？」炳昌問道。

「你們又是誰啊？」小女孩也問著炳昌和阿伯。

「我是周炳昌，妳是誰啊？」

「我叫李琇琇，我是來找我的老鼠阿寶的！」

「原來這是妳的老鼠喔！」炳昌和阿伯異口同聲的說道。

「是啊！我怕牠會吵到別的同學，進到學校就先把牠藏在這裡，再去班上。」琇琇回答著。

「周炳昌，你也是我們一年六班的同學！」琇琇說著。

「是啊！妳怎麼知道的？」炳昌問道。

「剛剛老師點名，你不在，我們剛剛還在找你呢！」琇琇從炳昌的手上接過老鼠後，這樣說著。

「我有聽到啊！妳剛剛跟劉惠敏在一起，劉惠敏是我幼稚園的同學，我有聽到她在跟你說我的壞話。」炳昌悻悻然的說道。

「沒有啦！劉惠敏沒有說你的壞話，她只有說你比較頑皮而已！」

「那就是壞話啊！」

「不是啦！」

「就是！」

炳昌和琇琇這兩個小男生、小女生就拌起嘴來了。

「好了、好了！別吵了啦！」阿伯開口說話了。

「這又是誰啊？」琇琇問著炳昌。

「這是工友阿伯。」炳昌答道。

「阿伯你好，啊！打鐘了，我要趕快回教室，我是趁下課的時候，趕快來看我的阿寶，炳昌同學，請你幫我照顧一下我的阿寶，等等我再來接牠喔！謝謝你！」琇琇還沒說完話，就緊張的趕快下樓，往教室的方向跑去。

「李琇琇，妳不要告訴老師我在這裡喔！」炳昌不忘叮嚀著琇琇。

「不會啦！我的阿寶也要放在這裡，我不會讓老師知道的啦！」琇琇邊跑邊應著炳昌。

「你真的不要跟琇琇同學一起回教室去？」阿伯問道。

炳昌搖搖頭。

「炳昌同學……」這時候琇琇突然跑了回來。

「老師等等要帶我們去廁所，我們要學怎麼蹲馬桶，你不一起來嗎？」琇琇問著炳昌。

「不用，我早就會蹲馬桶了啦！」炳昌不耐煩的回答著。

「可是學校的廁所和家裡的馬桶有點不一樣喔！老師是這樣說的。」琇琇好心的解釋著。

「我說不去就不去，妳不要管我啦！」炳昌沒給琇琇好臉色。

「那好吧！我先去教室了，要幫我顧好阿寶喔！」琇琇提醒著。

「會啦、會啦！妳們女生就是這麼囉唆。」

等到琇琇離開後，炳昌拿起寵物鼠的飼料要餵阿寶。炳昌口中還唸唸有詞的說著：「我都已經說了會幫妳好好的照顧阿寶，我就會好好的照顧牠啦！」

可是……

「阿寶呢？」炳昌問著阿伯。

「不是一直在你的手上嗎？」阿伯回答著。

「剛剛在講話的時候，我把牠放在桌上的啊！」炳昌開始緊張起來了。

「沒關係，找找看，一定在這個屋子裡面的。」阿伯說道。

「阿寶啊！快出來啊！不要嚇炳昌哥哥。」

「阿寶……」阿伯也幫忙找。

但是他們兩個樓梯上上下下都找不到阿寶。

炳昌還撥開了許多充滿灰塵的舊課桌椅，看看阿寶會不會躲在那個陰暗的角落裡。

「這下可好了！把琇琇的阿寶弄丟了！剛剛還跟她說我一定會幫她照顧好阿寶的。」炳昌一臉尷尬的樣子。

「如果真的找不到，也只能跟琇琇實話實說啊！」阿伯對炳昌說著。

「啊！那我要躲起來！」炳昌對阿伯這樣說。

「你光著急也沒有用，要不要先來看看你的同學都在做什麼呢？」阿伯拿著望遠鏡跟炳昌說道。

「這棟屋子最好的地方，就是四面都有窗戶，在這裡只要有望遠鏡，就可以看清楚全校正在發生的事情。」阿伯搖了一下望遠鏡。

「你看，你們班正要去廁所耶！」阿伯拿著望遠鏡看著一年六班，並對炳昌「實況轉播」。

「我也要看！」炳昌拿起望遠鏡看著阿伯指的方向。

「我看到了，大家正在走廊上排著隊伍。我看到幼稚園的同學劉惠敏了，李琇琇就在她旁邊。」炳昌興奮的講著。

07 畫圖

「既然講到同學那麼興奮，就回去班上上課好了啊！」阿伯對炳昌說道。

「而且你們班上的郭老師，是我們學校很有名的好老師呢！」阿伯解釋著。

「郭老師？」

「是啊！你過來這邊看。」阿伯帶著炳昌到另外一扇窗戶。

「看到沒有，這裡就是我們學校的停車場，那一台賓士是你們郭老師的車子！」阿伯指著一輛車說道。

「我不懂車子，賓士的車子是很好的車子嗎？」炳昌抬起頭來問阿伯。

「是啊！」阿伯回答道。

「郭老師開很好的車子，又怎麼樣啊？」

「其實郭老師的娘家和夫家，都很有錢，是我們這附近的大地主，她根本不需要工作，但是她真的很喜歡當老師……」

「要是我可以不要來學校，我一定不會來！郭老師這麼喜歡來學校喔？」

炳昌不敢置信的問道。

「是啊！你的郭老師做得可起勁了呀！」阿伯跟炳昌點點頭。

阿伯又把望遠鏡遞給炳昌。

炳昌看著他應該在裡面的一年六班。

郭老師在隊伍的前面，跟同學們講著話。

隊伍中的同學，看起來都很開心的樣子。

連平常趾高氣揚的劉惠敏，跟其他同學也都有說有笑的樣子。

「要不要回去上課呢？」阿伯問了問炳昌。

炳昌陷入長考。

「可是我沒有找到阿寶，更不好意思進到教室，不知道怎麼對李琇琇交代！」炳昌囁嚅著說道。

「一直待在這裡，李琇琇還是會來啊！」阿伯回答道。

「嗯……」炳昌說不出話來。

「沒關係，阿伯來找點好玩的東西好了。你在這裡等一下喔！我去拿些畫畫的工具。」

等到阿伯回來的時候，他拿了許多的畫畫用具，還有畫架和圖畫紙。

「這些你都可以用！」阿伯跟炳昌說道。

「阿伯，你怎麼會有這麼多的畫畫工具啊？」

「我如果心情不好的時候，還滿喜歡躲到這裡來畫畫的。」

「你都畫些什麼啊？」

「我喜歡畫學校的風景。」

「我喜歡畫人，特別是畫我自己。」炳昌說道。

「那你盡量畫啊！沒關係，反正時間多的是。」阿伯說道。

「炳昌，我還有些工作要做，你先畫畫，阿伯等下馬上進來。」

「阿伯，你是不是要打掃學校。」

「是啊！我還好多事情要做呢！」

「那我不吵你了！你先忙，我畫畫喔！」炳昌畫起畫來，倒是少見的安靜。

炳昌畫完了自己，又開始畫起剛才見面的老鼠阿寶。

「怎麼辦？還是沒有找到阿寶，等等怎麼跟琇琇交代啊？」

「她會不會跟其他的同學說，是我把她的老鼠弄丟了？」

炳昌一畫到老鼠阿寶，就開始心神不寧了。

過了一會兒，有個腳步聲傳了過

來。

「阿伯，我的畫快畫好了！」炳昌說道。

「是我啦！李琇琇。還有劉惠敏同學。」

「啊！慘了！」炳昌吐了吐舌頭。

「周炳昌，你怎麼沒有進教室呢？」劉惠敏像個管家婆一樣的跟炳昌說道。

「不想進去啊！」炳昌繼續畫他自己的畫。

「大家都好擔心你喔！」惠敏這樣說道。

「是啊！」琇琇也這樣子說。

「老師有打電話去你家喔！你媽媽說早上有把你送到校門口。」惠敏補充道。

「同學們知道你有來學校，卻沒有進教室，都跑出來教室找你。」琇琇說著。

「把老師累死了！老師說她的學生怎麼在教室外面的比教室裡面的還多。」惠敏這樣子說。

「為什麼？」炳昌不明白的問著。

「就像琇琇跑出來找你，我看到琇琇不在，又會跑出來找琇琇。大家就一個找一個，結果都跑到教室外面了！」惠敏酷酷的說著。

「走啦！回教室去啦！你都沒有學怎麼上廁所，趕快去學啦！」琇琇拉著炳昌的衣袖，要把他往外面拖。

惠敏也來幫忙拉炳昌。

「不要拉啦！」炳昌吼著。

混亂之中，琇琇突然像是發現了新大陸一樣叫了起來：「我的阿寶呢？籠子為什麼是空的呢？」

「啊！被發現了！」炳昌像是做錯事的孩子，靦腆的低著頭。

「怎麼不見了？阿寶為什麼不見了？」琇琇邊說邊哭了起來。

「剛剛我拿出來抓在手上，結果顧著講話，一下子就看不見阿寶了！對不起啦！」炳昌搔了搔頭，直說對不起。

「你說會幫我照顧阿寶的，怎麼會照顧到不見啊？」琇琇不停的哭泣。

「我們整棟樓都找遍了，但是就是找不到阿寶！」炳昌不好意思的說道。

炳昌看著琇琇同學，滿臉不知道該如何是好的樣子。

08 找阿寶

「有沒有到外面去找呢？」琇琇這樣子問。

「是啊！或許跑到外面去了呢！」惠敏也這樣子說。

於是炳昌揹著書包、水壺，跟著琇琇和惠敏到了外頭，琇琇還把阿寶的籠子拎在手上。

三個人在校園裡頭找著阿寶。

「李琇琇、劉惠敏，怎麼不進來教室，在外頭逛呢？」這時候有位大人走了過來。

「郭老師好！」琇琇和惠敏都恭敬的跟郭老師打招呼。

「這位是……」郭老師指著炳昌。

「他是周炳昌，他說要幫我照顧老鼠，結果把我的阿寶弄丟了！」琇琇一講完，又沒完沒了的哭了起來。

「他就是周炳昌喔！」郭老師像是如獲至寶的抓住炳昌。

「對啦！我就是周炳昌啦！」炳昌也不好意思的跟郭老師點了點頭。

「我們都在找你耶！那現在跟我們一起進教室吧！晚一點老師再帶你去參觀廁所，跟你說怎麼用學校的廁所。」郭老師跟炳昌說道。

「不行啦！我的阿寶還沒有找到哇！」琇琇仍然哭著要找她的老鼠。

「吱吱……」這時候，從炳昌的書包裡頭傳來一陣聲音。

「是我的阿寶！」琇琇聽出那個聲音是阿寶，興奮的尖叫了起來。

這個時候，阿寶突然從炳昌的書包裡頭冒了出來。

「原來你躲在這裡呀！」炳昌、琇琇和惠敏異口同聲的說道。

琇琇伸出手去，阿寶馬上跑到她身上來。

「阿寶，怎麼那麼不乖，都躲了起來，讓我們好著急呀！」琇琇撫摸著阿寶，這樣跟他說道。

「炳昌，怎麼那麼不乖，都躲了起來，讓我們也好著急呀！」郭老師順著琇琇的話，也這樣跟炳昌說。

「乖，阿寶，先到籠子裡頭來！」琇琇溫柔的跟阿寶說道。

「炳昌，要老師做個籠子給你嗎？」老師笑著跟炳昌說。

大家聽到這裡，都大聲的笑了起來，連炳昌自己都笑得很開心。

「老師，不用了！教室就很像籠子！」炳昌這樣跟老師說。

「很有想像力啊！」郭老師沒有生氣，反而拍了炳昌一下。

「一起進教室吧！」炳昌也點了點頭。

「老師，我可以把阿寶帶進教室嗎？」琇琇擔心的問著老師。

「沒關係，帶進教室好了，要不然總不能把阿寶放在外面吧！」郭老師耐心的回答道。

「老師，我以後都要帶著阿寶上學喔！」琇琇跟郭老師說道。

「可以放在家裡嗎？」郭老師問著琇琇。

「不行啦！媽媽說家裡都已經要沒飯吃了，不准我養阿寶，如果我把阿寶一個人放在家裡，媽媽會丟掉牠。」琇琇難過的說道。

「喔！好啊！阿寶應該也不會吵，跟小狗不一樣，妳就帶牠去教室好了！但是上課的時候不可以跟牠玩喔！要好好的上課。」郭老師解釋道。

「好的，我會乖乖的上課，阿寶也會乖乖的。」琇琇開心的點了點頭。

老師領著這三個小朋友走進教室。

郭老師向全班同學介紹炳昌：「各位同學，這位就是周炳昌同學，讓我們一起歡迎他！」

這時候，有同學跟炳昌說：「你剛才沒有跟我們去廁所，你都不知道怎麼上廁所喔！」

「沒關係，老師會再找時間教炳昌的。」郭老師說道。

「還有其他的同學呢？」郭老師問道。

「有人剛剛又出去找周炳昌，另外的人是去找那些找周炳昌的人。」

「一個跟著一個出去的……」

同學們七嘴八舌的說道。

「啊！那你們都不要再跑出去了，周炳昌已經回來了，老師去把其他人給找回來喔！」郭老師焦頭爛額的說。

郭老師就好像牧羊人在找小羊一樣，急急忙忙的衝出教室外找她的學生。

同學們則是圍著李琇琇，因為她的手上有一隻老鼠。

「這是妳的老鼠喔？」

「可以帶老鼠來學校喔！」

「借我玩一下，好嗎？」

小一生看到一隻老鼠在教室裡都異常興奮。

「牠叫做阿寶。」琇琇跟大家介紹她的老鼠。

「阿寶把牠的臉都抓花了啊！」

「而且還一直掉毛耶！」

同學們圍著阿寶這樣子說。

「我也好擔心喔！不知道該怎麼辦？」琇琇憂心的說道。

「沒關係的，剛剛有一位工友阿伯說，這可能是因為天氣很熱，所以阿寶才會這樣，妳不要緊張啦！」炳昌說道。

「真的嗎？」琇琇睜大眼睛問著。

「嗯！是工友伯伯這麼說的。」炳昌點點頭。

同學們一直圍著阿寶，搶著想要抓抓阿寶。

「我先來的啦！」

「我先跟琇琇同說說我要抱阿寶的啦！」

「是我！」

「不是，是我先的！」

幾個同學為了阿寶，在教室小小的爭執起來。

而握到阿寶的同學，則是一直說：「真的！阿寶一直掉毛！才握牠一下，已經滿手都是毛了。」

「真的掉毛掉到太誇張了！」

「那為什麼不帶牠去看醫生呢？」劉惠敏開口問道。

聽到這個問題，李琇琇的臉垂得非常低，簡直要鑽進課桌裡的抽屜了。

09 班寶

「我沒有錢帶牠去看醫生。」琇琇低著頭說。

「妳沒有錢，妳可以叫妳媽媽帶牠去看醫生啊！」有同學問琇琇。

「我媽媽也沒有錢，她說我們連飯都快吃不飽了！哪還有錢養老鼠、帶牠去看醫生！」琇琇難過的說道。

「那妳怎麼餵阿寶啊？」有同學熱心的問著。

「我都到菜市場撿剩下的、小片的菜葉或是胡蘿蔔餵阿寶。」琇琇從她的抽屜拿出一些爛菜葉。

「這樣吃，對阿寶來說會不會營養不夠啊？」有同學問道。

「不知道哇！可是我只能這樣餵牠了！」琇琇無奈的聳了聳肩。

「妳怎麼會養阿寶的啊？」惠敏問了起來。

「是在路上撿到的。」琇琇答道。

「連籠子撿到的嗎？」惠敏問著。

「是啊！應該是被棄養的，我撿到牠的時候，牠看起來已經快不行了。」琇琇說著。

「會有人棄養老鼠喔？好壞喔！」有同學這麼說。

「我上次經過寵物店的時候，就看到老鼠生了太多，寵物店拼了命的送出去，十元就有機會抽到三隻剛生出來的小老鼠。」

「可能是太多老鼠了，就丟在外面，看有沒有人撿到。」

同學們七嘴八舌的說道。

「可是妳剛才來的時候，怎麼沒有看到妳帶了老鼠呢？」

「是啊！現在才看到阿寶。」

同學們對這隻老鼠的興致高極了。

「我把牠藏在一個祕密基地。」琇琇開心的說道。

「我剛剛也躲在那個祕密基地。」炳昌得意的插嘴進來。

「就是剛才我跟妳去的那個地方嗎？」惠敏問起琇琇。

「是啊！就是我們兩個剛才去找炳昌的地方，就是那裡，我很早來學校，找了老半天才找到那裡藏我的阿寶。」琇琇點了點頭。

「可以帶我們去那裡嗎？」

「帶我去啦！」

「不公平，不公平，你們都知道，我不知道。」

「那可以把那裡當成我們班的祕密基地嗎？」

同學們紛紛發表意見，最後這個意見說出來的時候，大家的聲音突然安靜了下來。

「是啊！可以把那裡當成我們的祕密基地。」

「然後把阿寶當成我們班的班寶。」

「琇琇同學養阿寶很辛苦，我們可以一起幫她養阿寶啊！」

在一陣寂靜之後，同學們又你一言、我一語的發表意見，大家還愈講愈興奮。

而且發出一陣歡呼聲。

「我知道老鼠有老鼠的飼料可以吃喔！大家一起幫忙琇琇同學養阿寶，我們一起拿零用錢去買老鼠的飼料，這樣阿寶會吃得比較營養。」

炳昌想到阿伯剛剛說的那些，還有他那一大包的老鼠飼料。

「那要不要帶阿寶去看醫生啊？我們也可以一起湊零用錢帶阿寶去看醫生啊！」有同學這麼說道。

「可是剛才有一個養過老鼠的工友阿伯跟我說，天氣熱的話，老鼠都會這樣脫毛、一直抓……」炳昌解釋道。

「而且好像這樣的小寵物帶去給醫生看，有的醫生都會讓牠們安樂死。」

家裡有養寵物的惠敏也說道。

「不要，我不要我的阿寶安樂死。」琇琇用雙手把阿寶保護在胸前說。

「那還是讓阿寶先好好吃飼料好了！」

「過一陣子再看看。」

「是啊、是啊！」

「現在阿寶是我們的班寶了，我們不會讓牠死的啦！」

「琇琇同學你放心好了！」

同學們紛紛出著意見。

在一旁的炳昌突然覺得不太一樣……

他也說不出來哪裡不一樣？

「好像跟幼稚園不太一樣！」炳昌心裡這樣想著。

炳昌覺得自己好像有點喜歡上小學了，不過……

是一點點喜歡啦！

想到這裡，炳昌突然想到一件事情：「我的畫還丟在祕密基地啊！」

「不知道阿伯會不會幫我收起來呢？」炳昌叨念著。

等到老師把「出走的小羊」都抓回來後，終於到了發課本的時間了。

但是老師看起來已經是滿頭大汗。

郭老師拿出來擦汗的不是手帕，而是毛巾。

彷彿要這麼一大塊的毛巾，才能把她的汗擦完。

等到要發課本時，突然有個同學又舉了手說：「老師，我想去廁所解大便。」

這個同學說了之後，又有別的同學陸續的舉手說：「我也要！」

郭老師直拿著毛巾擦汗，然後問說：「周炳昌，要不要跟著一塊去廁所！」

「周炳昌一定要去，他如果不知道怎麼上廁所，可能會便便在椅子上。」有同學這麼說道。

其他的同學，則是猛點頭，或者補充說：「不要跟剛才有個同學一樣便便在椅子上，臭死了！」

炳昌雖然不太願意，還是勉強的點了點頭。

一群人浩浩蕩蕩的又來到了廁所。

10 阿伯又出現了

炳昌這才發現，原來學校的廁所跟家裡的馬桶真的不太一樣，是一整條的像水溝的樣子。

「這樣上起廁所來很累！」炳昌在心裡這樣想著。

炳昌在廁所外面等著。

裡面還傳來小朋友不會擦屁股，要郭老師幫忙的大叫聲。

然後一群人又陣容浩蕩的回到了一年六班。

正當老師準備發課本時，突然有人走進教室，竟然是……

炳昌的阿公、阿嬤、爸爸和媽媽。

郭老師又要放下手邊的工作，帶著炳昌到走廊上來。

「周炳昌，你真是膽大啊！上小學的第一天就敢逃學、不來上課！」媽媽氣急敗壞的說道。

媽媽的反應，炳昌都會背了，媽媽從幼稚園的時候就是這個樣子。

「好了、好了！別罵他了！他也回到教室來了啊！」阿嬤勸著媽媽。

「難怪你在校門口就不准我們送你進來，原來你早就打定主意，不進教室了，是嗎？」媽媽繼續高聲的問道。

由於媽媽的聲音實在是很大聲，除了一年六班的同學探出頭來看以外，別班的同學也有不少人靠著窗戶看好戲。

炳昌也沉默不語，他覺得每次跟媽媽講到這些事，媽媽都很生氣，說了也沒什麼用。

這個時候，在「祕密基地」的阿伯向一年六班走了過來。

「阿……」炳昌的「阿伯」還沒有喊完，隔壁的郭老師已經發聲了……

「校長好！」郭老師對著「阿伯」喊了校長兩個字。

炳昌的眼睛瞪得好大。

「校長！你不是工友阿伯嗎？」炳昌驚訝的問道。

「也沒錯啊！我本來就是校長兼工友啊！」校長笑道。

「校長，這幾位是周炳昌的家長，擔心炳昌早上沒有進教室，趕快來學校看周炳昌。」郭老師解釋道。

「我知道啊！周炳昌今天早上沒有進教室，都跟我在一起，請周炳昌的家長不用擔心。」校長跟阿公、阿嬤、爸爸和媽媽解釋著。

「不好意思，校長，我們炳昌給你們帶來麻煩了！」媽媽連忙跟校長、老師說著對不起。

「周太太，妳不用這樣，我小的時候也很不喜歡上學，所以我完全可

以理解炳昌為什麼會這樣！」校長哈哈大笑的說著。

「他從幼稚園就很不喜歡上學，我們一直很擔心他到底能不能適應小學的生活，誰知道他上小學的第一天就不進教室了！」媽媽搖頭嘆息道。

「周太太，其實孩子比妳想像中的好。」校長這時候拿起炳昌剛剛在「祕密基地」畫的圖。

「幼稚園都上不好了，小學會上得好嗎？」媽媽不可置信的問道。

「有可能喔！」校長說道。

「你們看！」

「這是炳昌的自畫像吧？」校長問了炳昌。

炳昌點了點頭。

「雖然這只是快速的塗鴉，你們看，炳昌已經表現出學齡兒童畫出正確人像素描的成熟度了。」校長指了指炳昌的畫。

果然，炳昌畫的自畫像，都能畫出人像身體部位，而且大部分都還能畫出正確的比例。

「你們看，炳昌甚至能夠寫字了！」校長指了指炳昌寫的一些說明自己心情的國字。

「每個小孩都會吧！」媽媽一臉不以為然的樣子。

「不會啊！很多小孩這時候畫的自畫像都還像頭足類，就是頭大大的，然後只有腳。」郭老師對家長們解釋著。

「是啊！可見炳昌對於空間的理解、身體感知還有筆的運用方面，都已經達到上小學的兒童的成熟度。」校長解釋著。

「可是他上了幼稚園一年的大班，連注音符號的前五個都還背不起來。」媽媽憂心的說道。

「其實我們在每一種入學檢查中，人像素描都是重要的檢查項目，但是注音符號並不是啊！」校長解釋道。

「是啊！我就說我們炳昌很棒的！他媽媽就是不相信。」阿嬤這樣說道。

「聽到校長和老師這麼說，我們就安心了啊！」阿公和爸爸鬆了一口氣。

炳昌帶著狐疑和感謝的眼神看著「校長」。

這個他剛剛一直叫他做「阿伯」的校長。

「一下子是工友，一下子又是校長，這間學校在做什麼啊？」炳昌在心裡這樣說著。

「其實，現在有一派的教學說法是，要讓孩子先學會國字、先學會朗讀，再來學注音符號……」郭老師這麼說著。

「我個人也持同樣的看法。」校長附和著郭老師。

「謝謝校長、謝謝老師，我們家炳昌來這裡讀小學，真的是讀對了啊！」阿嬤頻頻感謝。

「本來是想說他這麼皮，想把他送到私立小學去讀，想說管他可以管嚴一點！」媽媽解釋道。

「是我和我爸爸堅持，我們兩個都是讀這一間小學，炳昌也要來當我們的學弟才是！」爸爸欣慰的說明著。

「謝謝母校，這麼能夠欣賞我們家的孩子！」阿公點頭道謝。

「不過小學和幼稚園還是不一樣！老師就沒有辦法像幼稚園那樣盯得那麼緊，這也是一個挑戰。」校長說道。

11 老師，是這本嗎？

「我比較喜歡這樣，我已經長大了，不喜歡人家盯著我盯著這麼緊！」炳昌也插進嘴來。

「你不要光說不做啊！我們也不喜歡盯你盯得這麼緊哪！」媽媽沒好氣的說道。

「我相信炳昌一定做得到的。」校長看了一下炳昌。

「我會的。」炳昌回給校長一個堅定的眼神。

炳昌在說「我會的」這三個字時，其實他心裡想到的是校長跟他說的故事。

炳昌的家人在看到炳昌安然無恙後，也就放心回家去了，打算晚一點再來學校接炳昌下課。

要進教室之時，校長突然問炳昌說：「有找到阿寶嗎？」

「有！有找到了！牠跑到我的書包裡頭！」炳昌偷偷的跟校長說道。

「那就好、那就好！」校長又恢復了「工友阿伯」的樣子。炳昌覺得校長

在爸爸媽媽面前，感覺比較……

炳昌不知道該怎麼形容，但是就是比較像「校長」。

不過，當校長在問炳昌有關於阿寶的事情時，他覺得校長好像自己的同學一樣。

「那……這個給你。」校長把寵物鼠的飼料從口袋裡拿出來、遞給炳昌。

「謝謝你！」炳昌睜大眼睛跟校長點頭感謝。

炳昌覺得這個校長跟幼稚園的園長好像不太一樣。

他覺得校長好像只是比他高的一個同學，好像跟他是同一國的人，不像以前的園長，看起來就不喜歡跟小朋友在一起。

「阿伯，你放心，阿寶現在是我們班的班寶，我們班上的同學會一起養牠。而且今天早上我在的那個地方，現在也變成我們班的祕密基地，只有跟你說喔！沒有跟郭老師說。」炳昌說道。

「你在跟校長說什麼悄悄話啊？而且還叫他做阿伯！要叫校長啦！」郭老

師笑著說道。

「嗯！對耶！說錯了！是校長！」炳昌憨憨的笑道。

「這是校長要給阿寶的飼料。」炳昌把寵物鼠飼料高高的舉起。

一年六班的同學全班發出歡呼聲。

「趕快進教室吧！」校長催促著炳昌。

炳昌跟校長點了點頭。

這一次，郭老師終於可以好好的發課本了。

郭老師也學聰明了。

為了避免同學又像脫了韁的野馬一樣，找到各種理由往外面跑，然後又一個去找另一個。

郭老師要去辦公室拿課本時，就先把門像閘門一樣關了起來。

等到郭老師回到班上後，露出欣慰的笑容……

那個表情好像「牧羊犬」看到羊群都好好的模樣。

郭老師將一本本的課本傳了下去。

「好，各位同學，現在我們一本本的來檢查喔！」郭老師說道。

「現在，請把國語課本拿出來。」

有個小女孩問道：「老師，是這本嗎？」

郭老師看看她拿的課本，很有耐性的說：「國語課本是白色的，上面有個可愛的圖案。」

這個時候，底下發出窸窸窣窣翻動書頁的聲音，聽到有人在說：「課本裡面的圖畫好少哇！而且一點也不可愛。」

剛剛發問的小女孩又拿起了一本課本，認真的問老師說：「老師，妳說的是這本嗎？」

郭老師搖搖頭說：「那本是國語習作，不是國語課本，國語課本的封面是白色的，上面有很多小朋友的那一本。」

小女孩又拿出了一本說：「老師，是這本嗎？」

「那個是生活課本。沒關係，妳可以看看隔壁桌的同學，看他們拿出哪一本來，妳就跟著拿出那一本就好。」郭老師還露出笑容說著。

於是小女孩把所有的書都攤在桌子上，一本一本的翻了起來，又看看隔壁兩邊的同學。

小女孩忙了許久，又拿出一本課本出來問老師說：「老師，是這一本嗎？」

郭老師撐著笑容繼續說：「那本是國語習作，是妳剛剛拿出來老師說不對的那本……」

就這樣，「是這本嗎」的聲音此起彼落，發個課本也讓郭老師擦汗的毛巾沒有乾過。

終於把課本搞定了！這堂課的下課鐘也響了。

同學們又圍著琇琇同學的老鼠阿寶。

剛剛沒有在教室的同學，這時候也紛紛想要瞭解阿寶的事情。

「阿寶現在是我們班上的老鼠嗎？」

「是我們要一起養牠嗎？」

「為什麼校長剛才要給炳昌老鼠的飼料呢？」

這樣的問題沒有間斷過。

不過同學們瞭解阿寶的事，比起找課本靈光多了。

「馬上就進入狀況！」有同學笑著這樣說。

「什麼是祕密基地啊？」又有同學問道。

於是炳昌和琇琇、以及惠敏又把剛才說過的故事再從頭說了一次。

12 營養早餐

「那……不要讓郭老師知道嗎？」有同學這樣子問。

「先不要說好了啦！」

「這是我們全班的祕密基地啊！」

「可是校長知道耶！」

「校長也不會跟郭老師說吧！」

同學們繼續七嘴八舌的討論著。

「那我們就說好一起養阿寶囉！」有同學這樣問說。

「是啊！要一起養牠、照顧牠。」

「琇琇同學不用擔心連自己都餵不飽、怎麼餵阿寶了……」

「而且琇琇同學也不用擔心餵不飽自己！」惠敏同學說話了。

「為什麼？」另外有同學不明白的問道。

「我們學校有營養午餐，又有營養早餐啊！」惠敏同學解釋著。

「真的嗎？」琇琇同學開心的問著。

「是啊！」惠敏點了點頭。

「那我今天回家要跟我媽媽說，這樣我媽媽會很高興，最起碼可以吃早餐和午餐。」琇琇興奮的說道。

「說不定只要營養早餐和營養午餐吃剩的，阿寶吃就非常夠了，不用去買寵物鼠飼料。」有同學建議著。

「校長給的這一包飼料，應該可以吃很久吧！」炳昌拿出那一大包的老鼠飼料，自己在那裡計算著。

「好像可以吃上半年呢！」有同學這麼說。

「這麼久喔！」炳昌聽到這個數字嚇了一大跳。

「好像差不多，阿寶吃得並不多。」琇琇說著。

「那太好了，我們一點都不用擔心囉！」炳昌笑著說。

看著圍著阿寶的這一大堆同學，炳昌覺得自己好像有點喜歡上這個一年六班了。

上課鈴響了之後，郭老師走進教室。

「郭老師，請問我們學校有營養早餐喔？」有同學這樣問了郭老師。

「嗯……」郭老師面有難色的樣子，一副不知該如何回答的樣子。

「我們學校實施營養早餐已經有三年了，成效也非常好，但是原本支持我們的企業，今年好像沒有這個預算幫助我們，所以不知道今年有沒有營養早餐可以吃！」郭老師回答道。

「真的嗎？」琇琇一臉失望的樣子。

「沒關係，也不要失望的太早！校長正在想辦法，繼續找其他企業支持我們學校辦理營養早餐。」郭老師這麼說道。

郭老師繼續補充說明：「不過營養午餐是一定有的，那是教育部的經費辦

理的，不管怎麼樣都是有，所以最起碼有營養午餐可以吃。」

然後郭老師開始解釋校長正在推廣的閱讀運動。

「我們學校跟其他學校有一點不太一樣，就是校長非常重視閱讀課外書，特別是大聲的朗讀，從朗讀中得到閱讀的快樂。」郭老師解釋道。

郭老師繼續說著：「一年六班是一年級的最後一班，剛才各班都陸陸續續去校長室了，等等我們班也要去校長室，校長有話要單獨跟班上的同學說，大家準備一下。」

「老師，我又要上廁所了。」有個小朋友舉手說要上廁所，郭老師又得帶著這一團的同學去廁所。

出教室前，郭老師又把門拴好。

炳昌卻把書包找了出來，在桌子上倒著敲了起來。

「周炳昌，你在做什麼啊？」劉惠敏不解的問著炳昌。

「我想把我書包裡頭的錢都找出來啊！」炳昌回答道。

「為什麼啊？」惠敏更不能理解的問著。

「想送給校長。」

「為什麼？」惠敏不斷的問著為什麼。

「讓校長辦營養早餐啊！」炳昌回答的一臉理所當然的樣子。

「校長是我的麻吉，我當然要幫忙他啊！」炳昌一面數著銅板，一面這樣子回答。

「是耶！校長還送給我們班的阿寶一袋飼料耶！」

「那我也來找找我的零用錢有沒有帶。」

「好啊！好啊！」

同學們都學炳昌把書包扣過來找錢。

「找錢要那個樣子嗎？」惠敏滿臉不以為然。

「我沒有錢耶！」琇琇這時候冒出這麼一聲。

「沒關係啦！校長阿伯人很好，他不會怪妳的啦！」炳昌跟琇琇這樣子說道，他對校長有信心。

「妳只要照顧好阿寶就好了！」同學們紛紛這樣跟琇琇說。

等到郭老師帶著那一團「廁所團」回來後，全班同學就在走廊上排隊，等著去校長室。

到了校長室，就看到校長坐在地上。

「來來來！同學們，校長把地板擦得很乾淨，大家可以坐在地上，圍個圈圈喔！」校長招呼著大家。

這時候，炳昌突然站了起來，走到校長的前面，把口袋裡的零錢放在校長的前面。

然後又有另外的同學也走上前去，把錢堆上去。

「你們這是在做什麼啊？」郭老師問說。

郭老師和校長兩個人一臉茫然，不知道小朋友們在變什麼花樣。

13

當媽媽的辛苦

「郭老師，是妳剛才跟我們說校長沒有錢幫我們辦營養早餐，我們想說可以拿這個錢去辦啊！」有同學這樣子回答。

「這樣子校長就不用煩惱了！就可以辦營養早餐給學校的同學吃。」炳昌也這樣說著。

連劉惠敏都走上前去，把一張鈔票放了上去。

「校長，我沒有錢，但是同學們說我只要照顧好阿寶就好了。」琇琇也舉手跟校長說。

「哇！」校長一時語塞。

「校長，你是我的麻吉，還送我們班的班寶阿寶飼料，我們當然要幫你的忙啊！」炳昌還用手搥了搥胸口，比出那種「麻吉」的手勢。

「謝謝你們，你們好貼心喔！」校長把錢慢慢收到一個盒子裡頭，跟同學們點頭道謝。

「郭老師，是妳要同學們捐款的啊？」校長問道。

「沒有，什麼時候有這一回事我都不知道啊！」郭老師一頭霧水的說道。

「郭老師沒有叫我們這麼做啦！是我們同學討論的啦！郭老師剛才帶同學去蹲廁所喔！」有個小男生舉手這樣子說。

「那我更感動了！本來以為小學一年級的新生，只要好好的上廁所，這就是一件很了不起的事情了啊！」校長感動的說著。

「但是，你們捐錢給我，我還是會要你們讀書的！不會放過你們的喔！」校長笑著說道。

同學們也都跟著笑了起來。

「校長想跟你們分享一個校長的故事，校長以前是個很不喜歡上學的孩子，你們知道嗎？」校長這樣說道。

接著校長把在「祕密基地」跟炳昌說的故事，又再一次的講給一年六班的同學們聽。

然後校長拿出一本故事書，書名是《媽媽的眼淚》。

這個故事跟校長的故事有點類似。

於是校長很大聲的朗誦了這個故事。

有幾個同學聽著、聽著就哭了起來。

「其實我們很多時候，都會覺得媽媽很囉唆，但是自從我當校長之後，我深深的感覺到要讓小朋友明白，沒有人喜歡囉唆別人，而是媽媽生我們真的很辛苦，我們都是媽媽身上的一塊肉，他們才會這樣子囉唆我們，所以校長來到這個學校之後，建立了一個傳統……」

聽到校長這麼說，同學們都好奇了起來。

只見到校長拿出一大堆的抱枕出來。

「這要做什麼啊？」

「好奇怪喔！」

「校長在賣什麼關子啊？」

同學們紛紛問道。

校長和郭老師則露出神祕的笑容。

「我們的小一新生，來學校的第一天，都要體會當媽媽的辛苦！」校長對小朋友解釋著。

「怎麼當媽媽呢？我們是男生啊！」有個小男生不解的問道。

「雖然我們有很多人是男生，但是還是可以體會當媽媽懷孕的辛苦喔！」校長這樣子說。

校長拿起一個抱枕，把它塞進自己衣服的肚子裡面。

「你們看，就是這個樣子！」校長得意的展示他的「大肚子」。

「好好笑哇！」

「校長好娘喔！」

「每個人都要這樣子裝嗎？」

同學們一片爆笑聲，還有人嘲笑校長「好可笑」。

「好，那麼現在換同學們裝上媽媽的肚子。」郭老師拍手示意大家站起來。

小朋友的個子比較小，所以裝肚子的抱枕也是小一號的。

而且那些抱枕好像是訂做過的，正好可以綁在小朋友的肚子上。

同學們彼此相視而笑。

「嗨！媽媽！」

「妳好，阿母！」

這樣的聲音此起彼落。

還有同學互相嘲笑：「你該減肥了！」

「你也是，只有胖一個肚子！」

大家都忙著戳其他同學的肚子。

「校長、郭老師，裝這個大肚子要裝到什麼時候啊？」有同學問道。

「放學前就可以拿下來了，只有小一開學的今天裝而已。」郭老師跟同學們耐心的解釋著。

「一定要這樣子裝嗎？」還是有男生不肯裝上肚子。

「是啊！就是體驗當媽媽的辛苦。」郭老師說道。

「可是這樣子好娘喔！」有男生這樣說著。

「就只有這一天而已，你們想想媽媽懷你們的時候，要撐住這個肚子十個月呢！」校長說道。

「好啦！好啦！」

「就今天而已喔！」

這些不甘願的男生終於「屈服」了。

大夥兒走出校長室，經過別班的時候，看著身旁同學裝大肚子的樣子，每個人都大聲的笑了出來。

「我今天就這樣回家好了！」有同學這麼說。

「嚇死我的爸爸媽媽！」

「我要把這個肚子裝上一個禮拜！」

大家裝起這個大肚子，都感覺非常的新鮮、好玩。

14 媽媽的眼淚

有個小女生跑去廁所，出來的時候說：「當媽媽好辛苦喔！連上廁所都特別的累！」

有兩個男生在走回教室的路上，在走廊上打打鬧鬧起來，突然間，兩個人的肚子都掉在地上。

一年六班全班在別班教室前面的走廊上，笑個不停。

「你的孩子掉出來了！」

「趕快把你的孩子塞回去啦！」

這兩個男同學彼此嘲笑著，同學們笑得更大聲了。

琇琇裝的肚子可能是方向有點錯誤，所以她的肚子看起來是突出、尖尖的形狀。

她還把阿寶放在肚子上面。

就看到阿寶在琇琇的肚子上轉來轉去。

「阿寶好可愛喔！」

「琇琇感覺是懷了老鼠寶寶啊！」

一行人像是嘉年華的遊行隊伍，開心的走回教室去。

「老師，我有問題！」有個男生舉手問了郭老師。

「請說，我有一個問題，不要說我有問題。」郭老師糾正著這個男同學。

「老師，我有一個問題。」男同學重新發問。

「什麼事？」郭老師回應。

「裝這樣的肚子，我不會蹲學校的馬桶，我可不可以在廁所把肚子拆掉，再蹲馬桶啊？」男同學滿臉困擾的問道。

「你在廁所裡面，沒有人看見你在做什麼，就不用跟老師報告了啦！」郭老師講著，自己也笑了出來。

全班又掀起一片笑聲。

這個時候，有一個很調皮的小男生，趴在另外一個小男生的肚子上。

「喔！寶貝，讓媽媽聽聽你的心跳聲喔！」小男生邊趴著邊這樣說道。

「你好噁心喔！」另外一個小男生一巴掌打在那個小男生的肚子上。

「啊！你打我的孩子，我跟你拚了。」

兩個男生一下子就在教室裡頭扭打了起來。

「兩位媽媽，千萬不要這樣子，好醜啊！」郭老師忙著拉開他們，還要提醒他們現在的身分是媽媽。

後來這兩個男生攤在地上，自己也笑得很開心。

「不好意思，揍了一下你的肚子！」

「是啊！我也揍了你的孩子！」

兩個男生又互相在「疼惜」對方的肚子和孩子。

同學們則是繼續笑成一團。

於是郭老師又拿出剛剛校長朗讀的那本《媽媽的眼淚》。

她把其中一篇的內容用大大的字抄在黑板上。

然後一個字一個字的教同學們朗讀。

讀過幾遍之後，郭老師抽同學站起來朗讀。

其實小一的新生還沒學幾個國字。

但是站起來朗讀的同學，竟然都沒有朗讀錯誤。

剛好有些家長站在走廊上，由於這是小學一年級的第一天，家長們是可以留在學校、陪伴小朋友到放學。

「學校這樣的教法真好！」

「即使不會注音符號，也可以讀國字啊！」

「這就是校長推廣的朗讀教育喔！」

「孩子們學起來很有興趣的樣子。」

家長們在走廊上紛紛討論了起

來。

炳昌發現媽媽也在隊伍當中，跟其他家長一起討論著。

而且媽媽一直點頭稱是。

這個時候，郭老師突然點名點到炳昌，要他站起來，大聲的朗誦這篇短短的文章。

炳昌從頭到尾沒有讀錯一個字。

突然，炳昌看到在門口的媽媽。

媽媽跟炳昌比了一個大拇指。

炳昌楞了一下，因為有記憶以來，媽媽幾乎都在批評他，從來沒有說過他好的。

於是炳昌就拍了拍肚子，也比了一個大拇指。

這個動作實在是太可愛了，又讓一年六班全班笑翻了。

炳昌還看到媽媽的眼睛有點紅紅的樣子，聽到媽媽口中唸唸有詞的說：

「炳昌長大了、長大了。」

就在大家一片歡騰的時候，教室外面那一群家長們當中，冒出一個凶神惡煞的男子來。

「請問這裡有一位李琇琇同學嗎？」那個男人跑到教室最前面這樣問道。

「就是……」班上有個小男生正要指著李琇琇時，郭老師趕緊抓住他的手制止他。

「請問你是？」郭老師趕緊上前問著這個男人。

「我姓李，是李琇琇的小叔，李琇琇的媽媽要我送東西給李琇琇。」這名男子答道。

「請問可以看一下你的身分證件嗎？」郭老師機警的問著。

「要妳叫李琇琇出來，妳就把她帶出來就是了！妳怎麼那麼囉唆啊？」這個男人突然發起脾氣來，原本凶狠的臉龐看起來更是可怕。

有的同學被他這樣一嚷，就嚇哭了。

在走廊外邊的家長，有人覺得不對勁，馬上拿起手機報警。

警察和學校警衛馬上趕到。

「請跟我們到警衛室一下！」警察跟這個男人說道。

結果男人一看到場面不對，馬上就近將講台上的東西亂撥，飛快的要衝出去。

男人還撞倒了幾個家長，走廊外面的尖叫聲不絕於耳。

15 有人來找李琇琇

看到男子奪門而出，警察、警衛和有些家長，紛紛撲了上去，那個男人很快就被抓住、送到警衛室去。

「還好郭老師機警。」有一名要做筆錄的警察留在一年六班，他一直稱讚郭老師反應很快。

「不是我的功勞，這種事以前有發生過，大家都學著要多留意。」郭老師客氣的回答道。

聽郭老師的說法是，由於小學一年級的新生開學，裡裡外外都是家長，所以場面有點難控制。

有些人會趁著這個場面來鬧事。

像以前就有討債公司，找不到已經搬家的人，打聽到對方有孩子要上小學一年級，就跑到學校來找孩子和家長。

所以有些資深的老師，都會提醒其他的老師，要特別注意這個時間進出的人員，可能會比較複雜。

「那個人看起來就不是善類，我當然不能把我的學生交給他啊！當人家老師是要負責任的。」郭老師驚魂未定的說道。

「那李琇琇同學在嗎？」警察問道。

「是我！」琇琇舉起手來。

「那個男人真的是你的小叔嗎？」警察細聲的問著琇琇。

「不是，我們家只有姑姑，沒有叔叔。」琇琇答道。

「那妳認識剛才那位叔叔嗎？」警察再問琇琇。

「不認識。」琇琇搖搖頭。

這時候，阿寶還在琇琇的肚子上跑來跑去。

「壞人要把我抓走嗎？」琇琇害怕的問起警察和郭老師。

「別怕！沒事了！」郭老師抱了一下琇琇。

「是啊！老師和警察叔叔會保護妳的，不要怕喔！小朋友。」警察叔叔也蹲下來安慰著琇琇。

琇琇不知道為什麼，剛剛沒事，反而這件事過去以後，琇琇才開始哭了起來。

「怎麼了，小朋友，沒事了啦！」警察小聲的安慰著她。

「警察叔叔，一定是我爸爸媽媽欠人家錢，人家要來抓我，對不對？」琇琇邊哭邊說。

「那也不關妳的事啊！」郭老師拍拍琇琇。

琇琇還是一直哭。

「那不是妳的錯！那不是妳的錯！」郭老師捨不得的抱著琇琇，一直這樣跟她說。

「大人做的事情，跟小孩子無關，妳來上學，就好好上學就好了，其他什麼都不要管，知道嗎？」郭老師這樣跟琇琇說。

「我爸爸媽媽欠人家錢，我們都一直搬家。」琇琇愈哭愈大聲，把家裡的事都說了出來。

「那不是妳的錯，知道嗎？」郭老師一直跟琇琇強調這一點。

可能平常琇琇把爸爸媽媽欠錢的事當成一件丟臉的事，一向都壓抑在心裡。

一下子有個機會全部都說了出來，對她來說也是一種釋放。

琇琇就一邊哭、一邊講，雖然哭得很傷心，但是整個人看起來有種「解

脫」的感覺。

警察則是跟郭老師示意，要離開教室。

郭老師跟警察點了點頭，就在警察要離開的時候，校長也趕過來了。

郭老師也跟校長點了點頭，表示事情都處理好了。

「妳處理得很好，郭老師，今天進出學校的人很多，難免會夾雜些不良份子，還好妳處理得好。」校長這麼跟郭老師說。

「應該的，以前學校也發生過類似的事。」郭老師這麼說。

校長則是憂心的點了點頭。

琇琇還是沒完沒了的哭著。

「琇琇，妳不要哭了！妳現在肚子裡頭有小孩，妳還有一隻老鼠要養，妳不能哭耶！這樣對妳的孩子和老鼠不好喔！」炳昌這樣安慰著琇琇。

聽到炳昌這麼說，原本有點難過、緊張的氣氛突然緩和了下來。

校長還笑著對炳昌說：「你還真入戲啊！」

炳昌得意洋洋的樣子。

連外面的家長和教室裡頭的同學都笑了起來。

「是啊！琇琇，要注意胎教喔！」

「怎麼辦！妳哭了，妳的孩子也要哭囉！」

「壞人都被抓走了，妳要好好的啊！」

同學們紛紛安慰著琇琇。

剛才那位趴在同學肚子上的搗蛋小男生，現在也趴在琇琇的肚子上跟她說：「妳的孩子要我告訴妳，妳哭，他也會跟著哭喔！」

剛才跟他扭打到地上的男生，則是冷冷的說：「你說得跟真的一樣，愛演的要命！」

「不行嗎？我就是喜歡演！」

「我就是看這樣子很假、很不順眼。」

「那你不要看啊！」

「我偏要看，不行嗎？」

眼看這兩個小男生又要打起來了。

郭老師還忙著安慰琇琇。

校長只好跟這兩位小男生說：「哭對肚子裡頭的孩子不好，打架更不好吧！兩位媽媽，你們說是吧！」

校長這樣一說，兩位小男生和同學們也都同意的笑了出來。

16 蔥門和芹門

「好了、好了，不哭囉！要去走蔥門和芹門了喔！」郭老師為了轉移琇琇的注意力，開始跟全班這樣說著。

「什麼是蔥門和芹門啊？」

「走那個要做什麼呢？」

「沒有聽說過！」

琇琇並沒有停止哭泣，但是同學們七嘴八舌說的非常起勁。

「好，大家都不知道的話，我們一起去走走看，就知道囉！」郭老師拍拍手、召集了所有的同學到外面。

「好，大家排隊排好喔！」郭老師跟同學們說著。

「老師，肚子會頂到別的同學耶！」有同學這樣子說。

「沒關係，別的同學也懷著孩子，他們會原諒你們的！」郭老師這麼說道。

「老師，我懷著孩子很累了！我可不可以留在教室不要去走蔥門和芹

門！」有個小男生怪聲怪氣的這樣說道。

「偷懶啊！」別的同學笑他。

「不行嗎？」他反駁著。

「就是不行！」

「為什麼不行！」

「因為你說謊！」

眼看這一區又快打起來了。

隊伍的後面又傳來了：「老師，她偷喝牛奶！」有同學檢舉另外一位同學偷喝飲料。

「啊！」結果正在偷喝的同學可能嚇了一跳，就把牛奶打翻了。

隊伍裡頭又是一片驚呼聲。

「你幹麼碰我呢？」

「我是要妳不要偷喝牛奶！」

「都是你啦！害我打翻了牛奶！」

這一區又快翻了起來。

然後隊伍中間又傳了尖叫聲：「阿寶！」

原來阿寶這隻老鼠也來湊熱鬧，從琇琇的肚子上跑開，跑去打翻了的牛奶前面狂喝了起來。

「阿寶喝牛奶的樣子好可愛喔！」

「牠可能吃怕了菜葉和胡蘿蔔，也不喜歡吃飼料。」

「阿寶不要跑！」

整個隊伍只有郭老師一個人忙著擦地，擦掉倒在地上的牛奶。

她還要拉開正要吵翻的兩個同學。

其他的同學則是像打美式足球一樣，忙著「撲」倒阿寶，就看到阿寶也嚇的吱吱叫。

阿寶平常沒有機會看到這麼多的人，尤其是這麼一大群「熱情」的小朋友們，讓阿寶驚嚇莫名。

阿寶一害怕，更是到處亂鑽，忙著抓他的同學們，反而因此互相撞在一塊。

小朋友們也不怕撞，反而覺得更加好玩。

琇琇仍然忙著哭泣。

等到郭老師帶著隊伍往蔥門和芹門走去時，她看起來已經累到要攤在那兩個門前了。

還好，在那兩個門前有其他的老師在解釋著，要不然郭老師可能氣喘吁吁到沒辦法解釋那兩個門的原由。

「蔥門，是希望小朋友們走過去會聰明，取蔥和聰的同音。」

「芹門，是希望小朋友走過去會勤勞，取的是芹和勤的同音。」

同學們聽到後，都恍然大悟的樣子。

「原來是這樣子喔！」

「好聰明喔！」

「是好蔥門吧！」

「你才好蔥門呢！」

小朋友們連這樣子好好的兩道門，都可以想辦法要吵起來。

就在這個時候，一年六班的學生正要往那兩道門走過去時。警察帶著剛才那位謊稱李琇琇小叔的人，從這兩道門的前面走了過去。那個男子並沒有悔意，反而跟一群小朋友撂下話來：「你們給我記住了！我不會放過你們的。」

小朋友們一片尖叫聲，然後向學校四面八方散開。

郭老師和其他的老師則是忙著將這些小孩子們抓了回來。

小朋友們以為是在捉迷藏，還是在玩老鷹抓小雞，都躲著老師，不讓老師們抓到他們。

「快回來好好的走蔥門和芹門吧！」郭老師大叫著。

「老師來抓我啊！」

「抓不到、抓不到！」

「真好玩耶！好像官兵抓強盜啊！」

「還有真的壞人在旁邊。」

同學們都玩開了的樣子。

好不容易，將一「隻」「隻」的小羊給抓了回來。

還要將他們都安在蔥門和芹門的前面。

「小朋友們，你們知道嗎？我們老師昨天為了用大蔥和芹菜架上這兩個門，可是花了一整天的時間啊！」負責這件工作的老師這麼說著。

「你們看，連蔥和芹菜經過這樣一天，都快枯了！」

「所以你們要快點走過去，要不然等等都乾枯了，就沒有蔥門和芹門可以走囉！知道嗎？」

老師們好說歹說的勸著同學們。

「那我們班就是不聰明也不勤勞！」

「反正本來就差不多這樣！」

「這樣也好啦！」

小朋友們這一大群人就在蔥門和芹門前面聊了開來，也不好好的走過那兩道門。

17 從頭到尾都沒有看黑板

「你們不為你們自己，也要為了你們肚子裡頭的孩子吧！為了你們孩子的聰明和勤勞，好好的走過這兩道門吧！」

同學們聽到老師們的「喊話」，都笑了起來。

「好好笑喔！」

「好幼稚！」

「都什麼年代了！」

「這樣會不會很迷信啊！」

他們忙著數落著老師，但還是乖乖的走了過去。

「喔！恭喜恭喜！」

「大功告成了！」

老師們自己在那裡歡呼著。

但是有老師們累得坐在地上說：「這年頭當老師還真難當啊！」

「看起來該走蔥門的應該是我們自己吧！」有老師苦笑著說。

從蔥門和芹門回來之後，大家又回到了教室。

郭老師又開始教大家，這麼多本的課本平常該怎麼帶來學校。

「老師，是這一本嗎？」

那個搞不清楚是怎麼回事的同學，還是一樣舉起和老師不一樣的那本課本，讓老師掛著非常大的「微笑」。

「就是這一本啦！」

隔壁有個比較「雞婆」的同學就是不斷的幫她把那本課本拿出來。

那個同學還是不放心的一直問道：「真的是這本嗎？」

「相信我，就是這本！」雞婆的同學滿臉驕傲的說。

不過這次回到教室，炳昌發現到了，琇琇從頭到尾都沒有看黑板。

琇琇的頭都是低低的。

而且愈垂愈低。

「怎麼搞的，琇琇同學一點都沒有看黑板，和我讀幼稚園的時候一模一樣。可是，我不看黑板，是因為我都忙著在想怎麼離開教室。」炳昌心裡這樣懷疑著。

過了一會兒，琇琇舉起手來說：「老師，我要去廁所。」

「那還有沒有其他的人要去廁所？」郭老師問道。

對於小學一年級的同學來說，上廁所是一件非常重要的事情。

有幾位同學也舉了舉手。

於是這一次，老師要這幾位同學一起去廁所，然後再一起回來，練習自己可以上廁所去。

「這樣行嗎？」老師再問了問這些同學。

「可以的！」

「我在幼稚園就會自己上廁所了！」

「很安全的，老師放心。」

「你們上完廁所就要回教室，千萬不要跑到別的地方去玩，知道嗎？」郭老師提醒著。

「好的。」同學們一起應和著。

於是這一團廁所隊伍，就自己在走廊排好隊，聲勢浩大的往廁所前進。

不過，過了一會兒，同學們一起回來後，有個小朋友跟郭老師說：「老師，琇琇不見了！」

「怎麼會不見了呢？」郭老師緊張的問著。

「不知道，我們進到廁所之後，出來就找不到她了！」另外有個小朋友急著也要「補充說明」。

「那阿寶呢？」

「阿寶也不見了嗎？」

「那是我們的班寶耶！」

一年六班的小朋友在教室裡頭亂成一團，開始找起阿寶來。

「我們應該先關心琇琇啦！」

「不是先關心阿寶！」

炳昌制止大家說。

同學們才又停止喧鬧，開始有人說著：「對喔！對喔！要先關心琇琇！」

「因為阿寶一定跟她在一起！」

「關心琇琇，就是關心阿寶！」

大家又你一言、我一語的說道。

「不會被壞人抓走了吧！」郭老師擔心的說。

「大家在教室裡頭喔！老師去跟其他人商量一下，不要亂跑喔！」郭老師叮嚀過後，把門閂上，才走了出去。

可是炳昌等到老師走出去之後，就要開始爬窗子。

有別的同學攔住他。

還有個男同學一把抱住他正要跨出去窗戶的腳。

「你在做什麼？你很煩耶！」炳昌一臉不耐煩的樣子。

「不行啦！郭老師有交代，大家都要在教室裡頭好好的待著！」

「我要去找琇琇啦！」炳昌說道。

「你怎麼知道琇琇在哪裡啊？」同學問道。

「她一定在祕密基地啊！笨！」炳昌沒好氣的回覆著。

「是耶！是耶！琇琇一定是去祕密基地了！」

「那炳昌快去把她找回來。」

「你知道祕密基地在哪裡！郭老師也不知道，那你快去找她。」

炳昌爬上窗戶後，還回過頭來跟全班說道：「不准跟郭老師說我去祕密基地喔！」

「知道啦！祕密基地是我們一年六班的祕密，不會跟郭老師說的啦！」

「知道啦！快去找琇琇比較要緊。」

「那我走囉！記得！千萬不要跟郭老師提到祕密基地的事情喔！」炳昌人都已經跳到窗戶外面，還探頭進來耳提面命，看起來似乎是不太放心這些同學的嘴巴。

「交給我們啦！」

「快去！」

「記得要把阿寶也帶回來喔！」

同學們跟窗外的炳昌揮手加油著。

18

一隻羊跟著一隻羊

小學一年級的新生，真的很像羊群。

級任導師則像是牧羊人。

當一個小一新生不見了，就會有個「很好心」的同學要去找他回來。

而這個很好心的同學走了出去，後面還會跟著另外一個也很好心的同學，去把這個「很好心」的同學給找回來。

而級任導師就永遠在找自己的學生。

像個牧羊人（或是牧羊犬）一樣，發現自己的「小羊」們在柵欄外的比柵欄內的多上很多。

但是你也不能說這些小一新生不守規矩，因為他們這些逃跑出去的「小羊」，都還乖乖的把那顆孕婦的肚子綁著，拆都不敢拆下來。

就在炳昌跑出去找琇琇後。

炳昌並沒有發現，他的後面還跟著一隻「小羊」。

「惠敏，妳為什麼跟著我啊？」炳昌發現惠敏時，非常驚訝的問道。

「不行喔！只有你可以去找琇琇，我就不能去嗎？」惠敏「哼」了一聲說道。

「又不是只有你一個人知道祕密基地，我也知道祕密基地啊！」惠敏驕傲的跟炳昌說著。

惠敏這個人，在幼稚園的時候，就是以高傲、瞧不起人的樣子聞名。

「是是是，劉惠敏，妳最棒、妳最行了！可以嗎？這樣總可以了吧！」炳昌虛應一應故事的說道。

「好吧！可以了！」惠敏故意這樣說著。

「真倒楣，到哪裡都有妳跟著。」炳昌嘴巴小聲的說了一句。

「你說什麼？」惠敏大聲的問了一句。

「沒有，趕快去找琇琇比較要緊。」

「但是，你確定琇琇會躲在祕密基地嗎？」惠敏反問著炳昌。

「應該會在那裡啦！那裡現在只有我們三個人知道，她應該只會躲到那裡。」炳昌解釋著。

「不是三個，是四個，你忘記了嗎？校長阿伯也知道那個祕密基地啊！」惠敏提醒著炳昌。

「但是校長很好，就算在那裡碰到校長，他也不會要我們一定要回教室上課！」炳昌這樣說道。

「你確定嗎？」惠敏不放心的問著。

「嗯嗯……」炳昌猛點頭。

「我覺得不會那麼簡單！」惠敏這樣子說。

「反正我們一定要趕快先找到琇琇，免得她被壞人抓走了！」炳昌露出「校園警察」的正義感。

「對對對……」惠敏也點著頭。

他們兩個辛苦的頂著肚子，到了祕密基地的前面。

兩個小學生滿臉是汗、氣喘吁吁的在「祕密基地」前，有點上氣不接下氣的喊著琇琇的名字。

「李琇琇……」兩個人在祕密基地的前面叫著琇琇的名字，但是沒有任何回音。

「不在這裡嗎？」炳昌狐疑的說著。

「進去看看好了！」惠敏建議著。

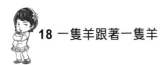

兩個小一新生，又辛辛苦苦的頂著一顆肚子，竄進了「祕密基地」。

「當媽媽真的很辛苦喔！剛剛來祕密基地的時候，都沒有這麼累！」炳昌

喘著氣說。

「是啊！回家後，我要對我媽好一點，原來她懷我的時候，有這麼累喔！」惠敏也氣喘吁吁的。

兩個人在「祕密基地」裡頭鑽來鑽去，就是看不見琇琇的身影，也沒有聽見阿寶的吱吱叫聲。

「怎麼辦？你還知道要去哪裡找琇琇嗎？」惠敏開始有點焦急的問著炳昌。

「我不知道！但是妳想不想看看郭老師的車子，那是校長阿伯跟我說的喔！」炳昌跟惠敏說道。

「在哪裡啊？」惠敏問著。

「校長阿伯說，這棟房子最好的地方，就是四面有窗戶，所以校長阿伯都拿著望遠鏡，就可以知道學校內發生了什麼事情，像這裡……」炳昌領著惠敏到了二樓的另外一扇窗戶。

「校長說，我們郭老師其實可以不用工作，但是她非常喜歡當老師，就一直待在學校。」炳昌這麼解釋給惠敏聽。

「有這種人喔！我如果可以不來學校的話，我就不會來了！」惠敏滿臉不以為然的說道。

「妳雖然跟我不是很好，可是我們兩個說的話是一模一樣的啊！」炳昌笑了起來。

「拜託，這不用感情好，只要有常識就可以了吧！」惠敏瞪了炳昌一眼。

「這裡，可以看到郭老師的車子喔！校長說郭老師開的是賓士車，我不知道那是什麼，好像是很好的車子就是了！」炳昌往外面一指。

這一指，炳昌和惠敏都發出驚呼聲。

因為琇琇就躲在郭老師的車子旁邊。

兩個人急急忙忙的要跑出去找琇琇。

「啊……」炳昌突然發出尖叫聲。

因為他們頂著肚子，行動有點不靈敏，炳昌下樓梯的時候，視線被自己的肚子擋住了。

結果炳昌踩了個空。

他就連滾帶滑的從二樓的階梯滑到一樓去。

很像有首兒歌唱的一樣：「嘰哩咕嚕滾下來！」

19 有肚子真不方便

「哎喲！」炳昌躺在一樓的地板上哀號了起來。

「好痛啊！好痛啊！」炳昌在那裡直喊痛。

「我們趕快去保健室啦！」惠敏也急了起來。

但是兩個「耿直」的小一新生，到了這個時候，還是沒有動念頭要把肚子給拆下來。

「我們先到後面找到琇琇，再一起去保健室擦藥好了！」炳昌說道。

「也好，要不然琇琇又躲到哪個我們找不到的地方就糟了！」惠敏也同意著。

炳昌硬是撐了起來，一拐一拐的往「祕密基地」後面的停車場走去。

「琇琇，怎麼在這裡哭啊！」炳昌和惠敏一看到琇琇，就這麼跟她說。

妙的是，琇琇那一顆肚子也沒有拆下來。

「那你怎麼了？炳昌同學！」琇琇也問起炳昌。

「剛剛急著要找你，炳昌在祕密基地的樓梯跌倒了，從二樓滾到一樓來。」惠敏解釋道。

「要不要去擦藥？」琇琇問道。

「他說要先找到妳，再一起去保健室擦藥。」惠敏說道。

「妳為什麼一個人跑來這裡哭啊？」炳昌問著琇琇。

「我不想去上學了，我覺得好丟臉喔！」琇琇含著眼淚解釋道。

「有什麼好丟臉的啊？老師都跟妳說那不是妳的錯了啊！」炳昌鼓勵著琇琇。

「是啊！連老師都這麼說了啊！」惠敏也這樣說道。

「可是我本來就覺得不太敢上學，因為我沒有上幼稚園，也不會注音符號，很多同學都有學英語，我都沒有，我覺得害怕、也很丟臉。」琇琇低著頭說。

「那我不是丟臉死了！我上了幼稚園，還是不會注音符號，也不會英語啊！」炳昌自己說得都覺得好笑。

「真的嗎？」琇琇不可置信的問道。

「是真的！」連惠敏都肯定炳昌的「功力」。

「可是，還會有不認識的人來學校找我，想要找到我的爸爸媽媽還錢……」琇琇繼續搖著頭。

「妳不可以不上學啦！現在妳家的阿寶是我們班的班寶了！」惠敏說著。

這個時候，有人的肚子響起咕嚕咕嚕的聲音了。

而且那種聲音，還不小聲，感覺好像餓了很久一樣。

「妳的肚子怎麼叫得這麼大聲啊？」惠敏不解的問道。

琇琇的頭垂了下去，一句話也沒說。

「肚子餓了，就要去找東西吃，不要讓肚子一直叫。」惠敏說起話來，總是像在「訓話」一樣。

而琇琇什麼話也答不出來，只是把頭繼續往下垂。

「啊……」炳昌突然恍然大悟。

「琇琇，妳沒有吃早餐，是嗎？」炳昌好心的問著琇琇。

琇琇仍然沒有回答。

「妳如果沒有早餐吃，就一定要說，我們才能幫妳啊！」炳昌心急的問著琇琇。

琇琇低著頭，無奈的點了點頭。

「我怕我沒有吃早餐，肚子一直咕嚕咕嚕的叫著，會被同學笑！」李琇琇說到這裡，又哭了起來。

「不會啦！同學們不會笑妳的！我這裡還有一個飯糰，剛剛只有把胡蘿蔔拿出來餵了阿寶，妳趕快拿去吃，肚子才不會一直咕嚕叫！」炳昌遞給琇琇那個飯糰。

「你自己有吃了嗎？」琇琇不好意思的問道。

「沒關係，我不餓啦！妳餓了、妳拿去吃。」炳昌細心的這樣子說。

琇琇接過飯糰，說了聲「謝謝」，就很大口大口的吃起飯糰了。

「難怪妳會問起營養早餐的事情！」惠敏露出同情的眼神看著琇琇。

「我媽媽一直很希望我可以上小學，如果有營養早餐、又有營養午餐，她的負擔也會輕一點。」琇琇吃得滿嘴都是飯糰，然後還忙著跟炳昌、惠敏說話。

「沒關係啦！我們都是好同學，大家都會幫助妳和阿寶的，不會笑妳的，

也不會讓妳餓肚子的。」炳昌和惠敏齊聲跟琇琇這樣子說。

琇琇邊吃、邊流著眼淚。

「妳先吃完，吃完我們就回去教室吧！這樣肚子應該不會叫了啦！」炳昌說道。

「先不要回教室啦！要先去保健室。」惠敏提醒著。

「對耶！膝蓋是有點痛。」炳昌這樣子說。

「我吃快一點，然後趕快跟你去擦藥喔！」琇琇大口大口的吞著說道。

「沒關係，妳慢慢吃，不急啦！」炳昌安撫著琇琇。

「今天早上綁著這個大肚子，還比較不餓，因為餓的時候，就把肚子壓緊一點，就比較不餓了，可是肚子還是會一直咕嚕咕嚕的叫啊！」琇琇低著頭說。

「別擔心的，琇琇，我們都不會笑妳、也不會瞧不起妳，我們都是一年六班的同學啊！」平常給人死硬派感覺的惠敏，也安慰起琇琇同學來。

「上學很好耶！都會有同學聽我說……」琇琇含著眼淚點了點頭。

「是啊！」連炳昌都點了點頭。

「你不是最不喜歡上學的。」惠敏敲了炳昌的頭一下。

「可是，我覺得小學跟幼稚園好像不太一樣喔！」炳昌摸摸頭說道。

「有什麼不一樣？」惠敏問著。

「我也說不清楚啦！反正不一樣就是不一樣啦！」炳昌又開始跟惠敏抬起槓來了。

20 老伯伯

就在琇琇吃完飯糰後，他們三個挺著肚子的小朋友，決定要去擦藥然後回去教室。

「怎麼都沒有其他人來找我們啊？」炳昌問了起來。

「好像真的只有我們三個人知道祕密基地在這裡喔！」惠敏這樣子說。

「我想先去一下廁所！」炳昌說道。

「你很奇怪耶！你不是剛剛才跟別的同學去過？」惠敏不解的問了起來。

「我只有跟同學去廁所看了一下，我沒有上啦！」炳昌不好意思的說道。

「那時候下課很多人在上廁所，我不想去擠，就沒有上啦！」炳昌跟惠敏解釋得很仔細。

「好吧！好吧！快去上、快去上。」惠敏覺得這個傢伙真是囉唆的表情，

要炳昌快去廁所。

「惠敏，琇琇，快來幫忙好嗎？」炳昌在廁所裡頭一直呼喚著她們兩個。

「怎麼了？」惠敏和琇琇互看了一眼，雖然覺得奇怪，還是趕緊跑進男生廁所去。

原來有個胖胖的老伯伯，在廁所的地上一直爬不起來。

炳昌一個人用力，還是扶不起老伯伯。

惠敏和琇琇趕緊上前去，三個人一起使力，才把老伯伯給拉了起來。

他們三個人趕快將老伯伯扶到廁所外面的樓梯間，先讓老伯伯在樓梯上坐下。

老伯伯氣喘吁吁的坐在樓梯上，他很想講話，但是喘得說不出話來。

「沒關係，老伯伯，慢慢來。你不用急著說話，先坐一下。」琇琇跟老伯伯說道。

「我去幫老伯伯找水喝，你們先坐一下。」靈光的惠敏在校園裡頭轉一下，就弄來一杯白開水給老伯伯。

老伯伯慢慢的喝了口水，那杯白開水被他喝起來，好像很好喝的樣子。

老伯伯可能是喝水喝得太急了，結果嗆到咳了起來，炳昌還貼心的拍了拍老伯伯的背。

「老伯伯，慢慢喝，也不要急著講話，我媽媽都說我喝水又急著說話，就容易嗆到。」炳昌跟老伯伯說道。

等到老伯伯終於呼吸順暢後，他開始開口說話了。

「謝謝你們啊！小朋友！」老伯伯驚魂未定的說著。

「老伯伯，你在廁所裡面多久了啊？」炳昌問著老伯伯。

「我沒看時間，可能有十五到二十分鐘了吧！」老伯伯這樣說道。

「剛才進去的時候，老伯伯是趴在地上，一直划、一直划，還一直說有沒有人來幫幫他。」炳昌解釋道。

「是啊！還好是你發現了我，要不然我不知道還要窩在廁所裡多久呢？」

老伯伯滿臉感謝。

「大家都在上課，所以沒有人去廁所那裡，就沒有人發現老伯伯在找人幫忙！」惠敏解釋著。

「你們學校今天好熱鬧啊！」老伯伯說道。

「嗯！今天是我們小學一年級的新生報到啊！所以有很多家長都來了！」

惠敏說話一向很有條理，她總是能把事情解釋得很清楚。

「原來是這樣子啊！」老伯伯點了點頭。

「那你們呢？怎麼沒有在教室裡頭。」老伯伯問起。

這一群人就把琇琇怎麼從教室跑出來，炳昌和惠敏又如何跑出來找她，從頭到尾跟老伯伯說了一遍。

「那琇琇同學吃飽了嗎？」老伯伯溫柔的問了問琇琇。

琇琇點了點頭。

「對了，從剛才就一直想問你們，為什麼都頂著一個大肚子啊？」老伯伯好奇的問道。

三個小朋友先是大笑了一場，就把校長的美意又整個「闡釋」了一遍。

「真的好特別喔！這樣的小學一年級新生報到。」老伯伯點點頭。

「真的是耶！現在才覺得媽媽好辛苦喔！」惠敏和炳昌這麼說。

「雖然我的媽媽和爸爸欠了人家很多錢，還讓人家到學校來找我，但是帶著這個肚子，真的覺得媽媽也是很辛苦啊！」琇琇也這麼說道。

「老伯伯，你怎麼會在這裡呢？你的孫子今天也跟我們一樣，是小學一年級的新生嗎？」惠敏問著老伯伯。

「喔！不是，我是來看一個老朋友的，只是來的時候，看到這裡那麼熱鬧，我也想上個廁所，就進來這裡了。後來，柺杖不小心滑了一下，就跌倒在廁所裡，直到你們救了我為止。謝謝你們喔！」老伯伯對三個小朋友一直點頭謝謝。

「不會啦……」三個小朋友被老伯伯這樣道謝，頓時都不好意思起來了。

「你們現在要回教室了吧！」老伯伯問道。

「沒有，炳昌還要去擦藥，他受傷了。老伯伯，你滑倒有沒有受傷，要不要跟我們一起去保健室擦藥呢？」惠敏問著老伯伯。

「為什麼是保健室啊？我不知道什麼是保健室。」琇琇不好意思的問道。

「以前幼稚園裡頭擦藥的地方就叫做保健室，小學裡面也有。」炳昌解釋給琇琇聽，琇琇聽了一直猛點頭。

「我還好，應該不用擦藥。我覺得這間小學的教育很好啊！讓你們學生的素質都很好！」老伯伯的笑容裡有一種欣慰。

「有沒有我可以為你們做的事情呢？你們既然救了我！」老伯伯笑著問說。

「你可以讓我們學校有營養早餐嗎？」炳昌問著老伯伯。

「別鬧了啦！那要很多、很多錢耶！」惠敏覺得炳昌說了一個很好笑的提議。

「我們真的需要這個協助啊！琇琇很需要有營養早餐，現在學校的錢又要沒有了。」炳昌囁嚅的說道。

老伯伯笑了一笑。

這三個挺著肚子的小一生則是結伴往保健室前去。

21 保健室裡一片混亂

炳昌、惠敏和琇琇三個人裝著肚子大搖大擺的到了保健室。這才發現保健室裡頭人滿為患。

「老師，我肚子痛！」

「我要爸爸媽媽，我要回家。」

還有一個小一新生被蚊子咬，也跑來保健室要擦藥。

「被蚊子咬也要擦藥，幼稚！」炳昌低聲說了這麼一句。

「你顧好你自己，別去管別人！」惠敏聽到炳昌說的話，回頭瞪了他一眼。

「那妳還不是在管我。」炳昌不服氣的說道。

「我又沒有像你跌得全身是傷。」惠敏照舊理直氣壯的說道。

「啊！你怎麼傷成這個樣子呢？」保健室的護士看到炳昌這個「傷兵」，忍不住發出驚訝的叫聲。

「他笨笨的從樓梯上跌下來，才到處是傷。」惠敏答道。

「劉惠敏，妳很囉唆，護士阿姨又沒有問妳，人家是問我，妳為什麼要幫我回答？」炳昌還忙著跟惠敏鬥嘴。

就在他們爭吵時，這時候郭老師已經站在他們三個的身後了。

其實從他們三個一進來，保健室看到他們名牌掛著的班別，就立刻通知郭老師前來。

「老師找你們找得好辛苦喔！跑到哪裡去了呢？還傷成這個樣子！」郭老師看到炳昌的傷勢也嚇了一跳。

「郭老師，其他人都沒病裝病，我是真的受傷了，還算好啦！」炳昌嘻皮笑臉的跟郭老師說著。

「快擦好藥，跟老師回教室去吧！」郭老師正色的跟炳昌說道。

「老師，不要讓我爸爸媽媽知道喔！要不然我會被罵死的啦！」炳昌緊張的跟老師交代著。

「你這樣子，爸爸媽媽一看就看出來了啊！」郭老師沒好氣的說。

「可是，你們三個怎麼會跑出去呢？同學們說你們兩個是去找琇琇，那琇琇又怎麼會跑出去呢？」郭老師不解的問著這三個學生。

剛剛跟老伯伯講過的事，他們三個又再跟郭老師說了一整遍。

「肚子餓到咕嚕叫，要跟老師說啊？不要躲起來知道嗎？琇琇！」郭老師心疼的說。

琇琇點了點頭。

「就算沒有營養早餐，郭老師自己在帶早餐的時候，也可以順道幫妳帶一份，那也是沒有問題的啊！」郭老師認真的跟琇琇這麼說著。

琇琇更用力的點了點頭，眼眶中已經含著淚水

了。

「好吧！那可以回教室去了吧！」郭老師帶著這三隻「小羊」，往教室的方向走去。

結果在中途有位老師前來，跟郭老師說了一些話。

「你們三個剛才還做了什麼？還有什麼沒有告訴老師的？校長為什麼要找你們三個人呢？」郭老師緊張的問道。

「只有碰到一位老伯伯而已。」他們三個一起答道。

「你們有對老伯伯做了什麼事嗎？」郭老師更緊張的問了起來。

三個人把幫忙老伯伯的事跟郭老師說了一遍。

「那還好，應該不是什麼不好的事，真的是要嚇死我了！」郭老師一臉驚魂未定的模樣。

「那這位老師會帶你們去校長室，校長有事情要找你們三個。」郭老師說道。

於是三個小朋友又帶著大肚子往校長室的方向前去。

「有個人要見你們喔！」校長看到他們三個的時候對他們說。

「我帶你們去。」校長笑著說道。

「這不是去祕密基地的路嗎？」炳昌問著校長。

「是啊！是那裡沒錯。」校長回答道。

「我們剛剛才從那裡回來呢！現在又要去喔！」惠敏和琇琇這樣子說。

「而且帶著一個肚子跑來跑去，好累喔！」惠敏一副快要呼吸不到空氣的樣子。

校長看到他們這三個的模樣，自己一個人笑得樂不可支。

走到「祕密基地」，還沒有進到裡面，就看到老伯伯駐足在這棟老房子的前面。

「三位同學好，這棟房子就是我的老朋友啊！」老伯伯跟他們三個解釋道。

「祕密基地就是你的老朋友喔！」三個小朋友不可置信的睜大了眼睛。

老伯伯點了點頭。

「老伯伯是抗戰過後，買了這棟房子的人家。他們後來把房子捐給了學校，這棟房子就一直矗立在這裡。」校長解釋著。

「好可惜啊！都沒有好好的利用。」老伯伯跟校長說道。

「對不起，是我們沒有整理好。」校長滿臉愧疚。

「本來這次來，就是要看看這棟房子，也準備了一筆錢，想讓這棟房子整修整修。」老伯伯說著。

「可是剛才聽到這三位小朋友說，學校的營養早餐的經費沒了，我想了一下，決定把這筆錢捐作營養早餐的用途！」老伯伯微笑的說道。

「真的嗎？琇琇有營養早餐可以吃了！」三個小孩高興得歡呼了起來。

炳昌還抱著老伯伯猛親。

「謝謝你，老伯伯，這真的是我們很喜歡的禮物，謝謝你送給我們。」炳昌熱情的跟老伯伯說道。

「謝謝你！」琇琇也拉著老伯伯的手，不知道該說什麼才能夠表達她的謝意。

「是你們先救了我啊！要謝謝你們自己才是，要不是你們，我可能要一直躺在廁所裡呢！」老伯伯笑道。

22 銀行家的老朋友

原來，這位「老伯伯」是個非常有名的銀行家。他們當時從大陸剛到台灣時，買了一棟日式建築居住，也就是現在炳昌他們說的「祕密基地」。

「還好有這一筆錢進來！」校長不斷的感謝著老伯伯。

「要不然真的會斷炊，很多小朋友的早餐都沒得吃了。」校長緊緊的握著老伯伯的手。

「營養早餐真的對我們學校來說是很重要的。」校長認真的解釋道。

琇琇也很用力的點了點頭。

「怎麼說呢？」老伯伯仔細的查問著。

「住在附近的家長，有很多是做臨時工的工人，一早就要外出排隊等工作，根本沒有時間幫孩子準備早餐，很多孩子早上都餓得肚子咕嚕咕嚕叫。」校長這樣說道。

這次換琇琇、炳昌和惠敏都用力的點點頭。

「教育部沒有補助嗎？」老伯伯聽了之後問了這個問題。

「教育部是有補助清寒學生的營養午餐，這不是問題。但是早餐就沒有補助，要靠學校自己去張羅，但是早餐又非常重要啊！」校長語重心長的說道。

「之前是怎麼辦營養早餐的呢？既然沒有經費的話，又怎麼辦呢？」老伯伯繼續問道。

「大概是三年前，剛好有一個企業贊助了幾間學校的營養早餐，可是那個企業這幾年狀況並不太好，今年本來就要停掉贊助了！」校長清楚的解釋道。

「那以前營養早餐都吃些什麼啊？」老伯伯好奇的問著。

「有的老師做包子，有的炒米粉，還有大鍋麵，小孩子們都不會挑嘴，只要有早餐可以吃，孩子們到學校就先吃頓早餐，也就不會瘦巴巴的，上起課來的專注力也比較夠。」校長說到這裡，眼眶也是紅紅的。

琇琇更是哭到蹲了下去。

「小朋友，不好意思，是我來太晚了，讓妳辛苦了啊！」老伯伯也低下身來拍了拍琇琇。

大家在「祕密基地」前面都充滿了溫暖的感恩之情。

「請問校長，你知道有哪幾間學校接受這樣營養早餐的贊助嗎？」老伯伯認真的拿出筆記來記錄著。

校長好像久旱逢甘霖一樣，跟老伯伯仔細的說明著：「其實都是一些比較偏遠的學校，跟您報告一下，我們學校其實算是好的了……」

「不用這麼客氣，說什麼報告，是想瞭解有什麼可以幫得上忙的啊！」老伯伯搖了一下枴杖。

「上次我們接受企業贊助的時候，還跟其他一些也有接受贊助的學校，一起北上到對方的企業所在地去感謝，還有些學校讓學生穿著原住民的服飾表演，感謝那個企業的員工呢！」

「有些學校，全校學生不到一百人，但是單親、隔代教養、低收入戶的弱勢學童就占了全校的三分之二。」

「教育部有一個夜光天使計畫，是讓原本一天只能在學校吃一頓中餐的弱勢孩童，最起碼還有一頓晚餐可以吃。」

「可是就像我們都知道的，早餐真的很重要啊！」校長不斷的說著早餐很重要。

「校長怎麼跟我媽說的一樣，我媽每次都跟我說早餐很重要，不能不吃早餐。」炳昌說道。

大家聽到炳昌說的話，都哈哈大笑起來。

「媽媽說得沒錯啊！」老伯伯肯定的說，還比出大拇指指著炳昌那一大顆的肚子。

「而且很多家庭，即使錢不是問題，也都是給孩子錢要他們自己買早餐吃，以致於學生吃早餐都不太正常，這樣也不是好事！有營養早餐真的可以幫忙很多家庭，讓孩子早上到學校吃得夠營養，也可以好好的、專心的上課。」校長一直這樣跟老伯伯強調。

「我會透過我們銀行，看是跟教育部聯絡，還是發出一些訊息，讓有需要的學校跟我們聯絡，一定竭盡所能的給予最大的資助！」老伯伯點了點頭，並且跟旁邊的人交代著。

「老伯伯，為什麼剛剛你會一個人在廁所啊？」這個時候，炳昌突然想了起來，好奇的問著老伯伯。

「你現在旁邊不是有人在照顧你嗎？」炳昌繼續問道。

「對啊！怎麼剛才會一個人跌倒在廁所，這樣很危險！」惠敏也這麼跟老伯伯說。

「我跟照顧我的人說，想一個人到老房子看看，我不想旁邊跟著人！

很想一個人安安靜靜待的在老房子裡，想點以前的事。」老伯伯對小朋友們解釋道。

「沒想到我真的老囉！沒用囉！連上個廁所都會有問題！」老伯伯自己苦笑著說。

「不會、不會，老伯伯，你可以幫忙我們這麼多的小朋友，不會沒用啦！」琇琇張大眼睛跟老伯伯說著。

「是啊！我也很不好意思，我自己很喜歡這棟老建築，但是就一直將他擱置著成為倉庫，是要想辦法多利用、利用才對！」校長靦腆的笑說。

「不行啦！這棟房子，是我們班的祕密基地啦！」炳昌有點捨不得的說著。

「是你們的祕密基地，就要好好的愛惜它啊！」老伯伯順勢說道。

「老伯伯，你幫了我們班同學的忙，你放心，我一定幫你好好的顧好這棟房子的！」炳昌拍著胸口說。

「你怎麼顧啊？」惠敏潑了炳昌一桶冷水。

「我可以整理、打掃啊！」炳昌認真的說道。

「喔！我們都聽見了，那以後你可要負責打掃這裡喔！」校長笑著說。

「好！」炳昌答應了下來。

炳昌還一臉驕傲的說：「這有什麼問題？」

「我也要幫忙！」琇琇這麼說。

惠敏也點頭示意自己也要幫忙。

23

祕密基地裡的祕密

「看到小朋友們一直說這是你們的祕密基地，讓我也想起一個祕密是跟這裡有關！」老伯伯說著。

「什麼祕密啊？」聽到祕密，三個小朋友的眼睛都飛快的亮了起來。

「可是我不知道還在不在喔？」老伯伯笑著說。

「來，跟我來。」老伯伯拄著枴杖，辛苦的走進「祕密基地」裡面。

「小心點喔！」琇琇看到老伯伯走路不太方便，就伸手扶住老伯伯。

「妳也要小心點喔！妳還有小寶寶呢！」老伯伯開玩笑的跟琇琇說道。

校長和小朋友們都笑得開心極了。

「真的不知道還在不在啊！這麼幾十年都過去了！」老伯伯的眼睛裡流露出懷念的光芒。

他領著這一群人，往二樓走去。

「你剛剛就在這個樓梯摔的嗎？」

老伯伯問著炳昌。

「是啊！就在這裡沒錯。」炳昌點了點頭。

「這裡有個好東西呢！」老伯伯露出促狹的笑容。

他蹲了下來，摸摸二樓樓梯口的木板。

「我記得是在這裡沒錯的！」老伯伯這麼說著，而且不停的用手摸著那些髒髒、舊舊的地板。

「老伯伯，我來幫你好了。」炳昌說道。

「可是你撐著一個肚子，蹲下來也很麻煩。」老伯伯這樣說道。

「沒關係的，還好，只要有好玩的，都不會麻煩。」炳昌呵呵的笑說。

「要找什麼啊？」炳昌問著。

老伯伯說道：「這裡有一塊木板應該是空心的，把那塊木板挖起來，我藏了寶物在這裡喔！」

「有寶物？」聽到這幾個字，三個小朋友都忙了起來。

也不管肚子前面的「障礙物」，都認真的摸著二樓樓梯附近的木頭地板。

「好像是這裡耶！這裡有一塊木頭是突了起來……」炳昌像是發現了新大陸一樣。

「應該是那裡，沒錯、沒錯……」老伯伯點了點頭。

炳昌問著大家：「有沒有比較尖一點的東西啊？」

惠敏馬上把頭髮上的一根黑色的髮夾拔了下來。

炳昌小心的用髮夾將那塊木頭地板給挖了起來。

「果然這裡面是空心的啊！」炳昌像是發現了藏寶一樣的興奮。

「找一下，應該會有一個鐵盒子。」老伯伯笑道。

炳昌伸手進去撈著……

「有耶！」炳昌大聲的嚷嚷著。

炳昌的手伸出來的時候，真的拿著一個鐵盒

子。

那個鐵盒子不大，看起來就像是喉糖的盒子。

不過，鐵盒子已經滿布灰塵和鐵鏽了。

老伯伯請他的助手拿出衛生紙來擦拭。

他看著那個鐵盒子說道：「真的是幾十年過去了，你還在啊！」

「這是我小時候最喜歡的糖果盒子……」老伯伯滿懷回憶的說道。

「裡面還有寶物呢！打開來看看。」老伯伯把盒子交給炳昌，請他打開。

因為已經生鏽了，所以不太好打開。

炳昌用盡所有的力氣，才把鐵盒子打開來。

裡頭竟然有……

三顆彈珠。

「真的都好好的啊！」老伯伯看到那三顆彈珠，笑得可開心了。

「這是當年我最喜歡的三顆彈珠。」老伯伯拿著那三顆彈珠，在手上把玩著。

「怎麼會把糖果盒和彈珠藏在這裡呢？」炳昌好奇的問著老伯伯。

「那時候我們要搬家，我想說留個紀念在這棟屋子裡頭。」老伯伯笑著說。

「可是放進去之後，就忘記這檔子事了！」老伯伯敲敲自己的腦袋。

「可見不是老了，是年輕的時候，記性也沒好過。」老伯伯挖苦著自己。

「現在看起來，是平凡無奇的彈珠吧！」老伯伯笑說。

「這可是當年，我從大陸帶過來的彈珠，很多本地的孩子沒有看過，可是我的大寶貝呢！」老伯伯說著自己當年的事情，笑得開心極了。

「好像也是跟你們現在差不多大喔！」老伯伯仔打量著眼前的這三個孩子。

「老伯伯，你在這棟房子裡頭住了多久啊？」炳昌跟老伯伯問了起來。

「大概有兩三年吧！」老伯伯仔細的想了想。

「就是剛從大陸來的時候，住在這裡的。這原本是個日本醫生的家，但是戰後他回去日本，就把房子賣給我們。」老伯伯說起這一段歷史來，小朋友們都聽得津津有味的。

「其實這棟房子原本不在學校裡面，而是在旁邊，是後來政府規劃學校用地，才把房子收進學校裡面的。」校長也補充道。

「是啊！真的是這樣子！」老伯伯點了點頭。

「這個糖果盒是我最喜歡的，我收起來好了！就把這三顆彈珠，一個人送你們一顆！」老伯伯說道。

「好耶！」三個小孩都跳了起來，討論起這三顆彈珠要怎麼分才好。

「謝謝你！」三個小學生開心的到處亂跳。

炳昌還拿著彈珠，馬上就在地上「試打」起來。

「老伯伯，你只有藏這個寶物嗎？還有沒有其他的，我幫你挖！」炳昌興奮的說道。

「沒了，就這樣！」老伯伯搖搖頭說。

「這樣就很好囉！別貪心喔！」校長笑著跟炳昌這三個孩子說道。

24 新生的禮物

「看到他們，我真的很開心，好像看到當年的我一樣！讓我有一種重新年輕的感覺！」老伯伯欣慰的點了點頭。

「董事長，謝謝你了！幫我們這麼多！」校長再三的感謝這位銀行家。

「我也該回去了！今天這樣走走，竟然也會很累。」老伯伯摸了摸腰。

「老伯伯，謝謝你的禮物，下次再來找我們玩喔！」炳昌跟老伯伯大聲的說道。

「回去就幫你們搞定營養早餐的事情！要好好吃早餐、快樂長大喔！」老伯伯摸摸這三個孩子的頭。

「再見喔！要再來玩喔！」校長和這三位同學望著老伯伯的轎車揚長而去。

校長再把這三位同學送回一年六班。

這一天的上課時間也快結束了。

郭老師站在講台上說：「你們三個回來的正好，有禮物等著你們！」

「又有禮物可以收了！」炳昌覺得自己真是愛死這所學校了，可以一直收禮物。

「來，上來領你們三個的福袋！」郭老師的手上有著三個袋子。

三個小孩又興奮的領了一次禮物。

炳昌還沒回到位子，就等不及的把福袋打開。

郭老師則是在講台上解釋著這個福袋的禮物。

「第一是可以寫下每天願望的筆！」郭老師說著，並且把一個福袋裡頭的筆拿了出來，放在講台上。

福袋裡另外還有可以記錄生活內容的筆記本。

還有犯錯了，可以擦掉重新再來的橡皮擦。

可以幫別人擦眼淚的面紙。

心情沮喪，吃一點會比較好的巧克力。

還有一個手環，提醒學生們如果需要談一談時，可以找老師的救生圈型手環。

「呵呵呵，我還有第七樣禮物。」炳昌得意的把老伯伯送的彈珠放進了福袋。

這時候走廊上已經陸續站滿了家長。

「好的，要請各位家長到川堂去，我們小朋友要在走廊上排隊了。」郭老師跟走廊上的家長說明。

放學隊伍也是小一新生的重頭大戲。要按照回家的路線排隊，還有的人要安排安親班來接，這些都要經過縝密的安排，務必把小朋友安全的送回家去。

炳昌還是不停的把玩著他的福袋。

特別是……

福袋裡面的那一顆彈珠。

「炳昌，借我玩一下，好嗎？」看到彈珠，排隊排在炳昌旁邊的男生，跟他問了起來。

「為什麼你的福袋有這個，我的沒有呢？」這個男生問道。

「這不是郭老師的福袋送的，是剛剛有位老伯伯送我的，因為我在廁所救了他。」炳昌說起自己的英雄事蹟，甚是得意，還有點添油加醋的跟其他男同學說道。

「少聽周炳昌在那裡吹牛！」惠敏毫不留情的踢爆周炳昌的大話。

「我沒有吹牛，老伯伯真的很感謝我救了他啊！」炳昌認真的解釋給其他同學聽。

「你是做了一件好事，但是也沒有那麼了不起吧！我媽媽說，做好事要偷偷做，不要一直跟人家炫耀！」惠敏一直都伶牙俐齒的，炳昌要跟她比尖嘴薄舌，根本拿她沒有辦法。

「要不然，老伯伯為什麼要送我彈珠呢？」炳昌非常驕傲的說著。

這個時候，惠敏的手上，也拿出一顆彈珠出來。

而且她拿出來的手勢，像是電影裡頭的明星一樣，架式十足的展示著彈珠。

「哇！妳也有啊！」同學們又一窩蜂的去看惠敏的那一顆彈珠。

一年六班的放學隊伍，就在追逐彈珠中結束。

在校門口遇到前來接炳昌下課的那一大家子人時，炳昌回頭看了一下自己的學校。

「今天上學滿不錯的喔！」炳昌這麼說道，還比了一個成功、勝利的手勢。

但是，同一個時間，在教師休息室卻是另外一種場景。

在教師休息室裡頭，小一新生的這六個班的班導師，全都癱在自己的座位上。

「老了！不行了！真的會被那些小一新生給打敗！」郭老師趴在桌上說。

「累斃了吧！」校長也在這時候進來。

有一些老師看到校長進來，還要站起來，校長都比比手勢要他們坐下。

「這次回來當小一新生的導師，郭老師還習慣嗎？」校長笑著問郭老師。

「我實在是很健忘，以前就是被這些小一新生折磨過，後來才一直帶高年級的，為什麼我會忘記啊？」郭老師在自己的座位上哀號著。

辦公室的同事們笑成一團。

「我怎麼會忘記，小一新生總是像走失的羊一樣，要到教室外面去找他們；還有，永遠都要問我課本，是不是這一本。我怎麼會忘記？要到我開始當小一導師的時候，這些事才又全部想了起來。」郭老師累得趴在桌上說。

「我看我這幾年，又要開始牧羊犬的工作了，每天到教室外面找我的學生。」郭老師嗚嗚的說道。

聽到郭老師的哀號，別的老師幸災樂禍的說道：「誰叫妳要逞強啊！」

「我不是逞強啦！我是帶高年級太久了，已經忘記小一學生的樣子了，只記得他們天使的一面，忘記其實他們骨子裡頭都是惡魔啊！」郭老師抬起頭來笑說。

別的小一新生的老師也說：「以前以為小一生有什麼了不起，就是吃點心、玩遊戲，喔！不！現在的小孩愈來愈難帶了啊！」

郭老師開始苦笑著說：「我開始懷念帶高年級班，我可以優雅的享受一頓午餐的日子了。」

「你們的教師魂魄呢？」校長笑著問道。

「被小一新生帶到廁所裡沖掉了！」郭老師答道。

「他們怎麼那麼有本事，就是一直要去上廁所。」

「一個跑出去，另外一個就雞婆出去找。」

老師們紛紛說到他們帶小一新生的甘苦。

「有沒有什麼是我可以幫忙的呢？」校長笑著說道。

「拜託，今年不要再帶著小一新生舉辦教師節活動了吧！這樣是折磨我們這些老師，不是尊師重道！」有的老師舉手這麼跟校長建議著。

「那怎麼行呢？就是從小要讓他們學會尊師重道啊！」校長大笑著說。

「不知道為什麼，每次教師節天氣都好得很，又熱。那些小孩根本站不到三分鐘，就開始在他周圍找樂子了！」

「而且我們還不能擺出撲克臉，因為這是教師節的活動。」

「一定要笑容滿面。」

教師休息室裡一片哀鴻遍野。

「我們班的周炳昌，今天可是在學校繞了不知道多少圈了？他好像真的以為全校都是他的教室一樣！」郭老師露出哭笑不得的表情。

「還去占了我的地盤呢！」校長還是繼續笑道。

「不過人家也很有本事啊！上學的第一天就幫校長把營養早餐的經費給解決了！」郭老師還是有點得意的說。

「他們還是有可愛的地方啦！把老師的話奉為圭臬，妳看他，皮歸皮，今天一整天，老師說要戴著那個媽媽的大肚子，他們都戴得好好的。」校長想到這個畫面還是使勁的笑個不停。

「這又是小一新生讓人感動的地方，他們有他們憨憨的樣子，跟高年級就是不一樣。」郭老師說道。

「加油啦！你們一定會做得很好的，我以你們為榮！」校長對小一新生的導師們這麼說道。

「校長，最好的建議是做出成功的示範，來吧！來帶一屆小一新生試試看吧！」一個年輕的男老師這麼對校長說。

「教育是做出來的，教育不是說出來的。」另外一位女老師也這麼說。

「嗯……這個建議很好，但是，我不是已經在做了嗎？」校長大聲的笑道。

教師休息室裡頭繼續怨聲載道。

但是，校長的心裡頭知道，這些老師抱怨歸抱怨，他們的骨子裡頭，還是有著教師的魂魄。

「這是很多孩子覺得我們這裡跟幼稚園不一樣的地方！」校長在心裡這樣想著。

也相信同學們有一天會發現這點。

同班同學：01

一年六班的祕密基地

作　　著◇謝俊偉
出 版 者◇培育文化事業有限公司
執行編輯◇王文馨
社　　址◇221 台北縣汐止市大同路三段一九四號九樓之一
TEL（〇二）八六四七—三六六三
FAX（〇二）八六四七—三六六〇
總 經 銷◇永續圖書有限公司
劃撥帳號◇18669219
地　　址◇221 台北縣汐止市大同路三段一九四號九樓之一
TEL（〇二）八六四七—三六六三
FAX（〇二）八六四七—三六六〇
E-mail　yungjiuh@ms45.hinet.net
網址　www.foreverbooks.com.tw
法律顧問◇中天國際法事務所　涂成樞律師　周金成律師
出 版 日◇二〇一〇年九月

一年六班的祕密基地/ 謝俊偉著. -- 初版. --
臺北縣汐止市；培育文化，民99.09
面：　　公分. --（同班同學：1）
ISBN　978-986-6439-37-7（平裝）

859.6　　99014288

培育文化讀者回函卡

謝謝您購買這本書。
為加強對讀者的服務，請您詳細填寫本卡，寄回培育文化，您即可收到出版訊息。

書　　名：一年六班的祕密基地
購買書店：＿＿＿＿市／縣＿＿＿＿書店
姓　　名：＿＿＿＿＿＿
身分證字號：＿＿＿＿
電　　話：(私)＿＿＿＿(公)＿＿＿＿(傳真)＿＿＿＿
地　　址：□□□＿＿＿＿＿＿
E - mail ：＿＿＿＿＿＿
年　　齡：□20歲以下　□21歲～30歲　□31歲～40歲　□41歲～50歲　□51歲以上
性　　別：□男　□女　　婚姻：□已婚　□單身
生　　日：＿＿年＿＿月＿＿日
職　　業：□①學生　□②大眾傳播　□③自由業　□④資訊業　□⑤金融業　□⑥銷售業　□⑦服務業　□⑧教　□⑨軍警　□⑩製造業　□⑪公　□⑫其他
教育程度：□①國中以下（含國中）　□②高中　□③大專　□④研究所以上
職 位 別：□①在學中　□②負責人　□③高階主管　□④中級主管　□⑤一般職員　□⑥專業人員
職 務 別：□①學生　□②管理　□③行銷　□④創意　□⑤人事、行政　□⑥財務、法務　□⑦生產　□⑧工程

您從何得知本書消息？
□①逛書店　□②報紙廣告　□③親友介紹
□④出版書訊　□⑤廣告信函　□⑥廣播節目
□⑦電視節目　□⑧銷售人員推薦
□⑨其他

您通常以何種方式購書？
□①逛書店　□②劃撥郵購　□③電話訂購　□④傳真訂購
□⑤團體訂購　□⑥信用卡　□⑦DM　□⑧其他

看完本書後，您喜歡本書的理由？
□內容符合期待　□文筆流暢　□具實用性　□插圖
□版面、字體安排適當　□內容充實
□其他

看完本書後，您不喜歡本書的理由？
□內容符合期待　□文筆欠佳　□內容平平
□版面、圖片、字體不適合閱讀　□觀念保守
□其他＿＿＿＿

您的建議
＿＿＿＿＿＿
＿＿＿＿＿＿

剪下後請寄回「221台北縣汐止市大同路3段194號9樓之1培育文化收」

請用膠帶黏貼

□□□-□□

請貼郵票

2 2 1-0 3

台北縣汐止市大同路三段194號9樓之1

培育文化事業有限公司

編輯部　收

請沿此虛線對折貼郵票，以膠帶黏貼後寄回，謝謝！

為你開啟知識之殿堂